Humor Factors – Dr. Johanna Farnhammer

Dr. Johanna Farnhammer

Humor Factors

Bibliografische Information der Deutschen Nationalbibliothek:
Die Deutsche Nationalbibliothek verzeichnet diese Publikation in der Deutschen Nationalbibliografie; detaillierte bibliografische Daten sind im Internet über http://dnb.dnb.de abrufbar.

Lektorat: Kristine Tauch

Herstellung und Verlag: BoD – Books on Demand, Norderstedt

ISBN: 978-3-7504-3618-3

Für

großartige Kollegen, die mir gezeigt haben, dass Humor in der Arbeit nicht nur notwendig, sondern auch die Essenz für gute Leistung ist

und

einen Teamleiter, der dies unterstützt und durch große Menschlichkeit überzeugt

ZWEIFEL

-1-

Schon wieder klingelt das Telefon. Gereizt starrt Kearra das Gerät an und hofft, dass es endlich Ruhe gibt. Sie braucht Ruhe zum Arbeiten an diesem Vormittag. Nicht umsonst hat sie alle Termine abgesagt und ihre Bürotür geschlossen. Es steht eine wichtige Besprechung an und sie muss sich noch vorbereiten.

Nach mehrmaligen Klingeln entscheidet sich Kearra notgedrungen, den Anruf anzunehmen.

„Kearra Winkler, guten Morgen!“, bemüht sich Kearra zähneknirschend freundlich zu klingen.

„Hier ist Christian. Ich habe gerade gehört, dass die Annetsch von der anderen Abteilung eine neue Software für 50.000 Euro kaufen durfte. Warum habe ich dann letzten Monat den Projektor nicht bestellen dürfen, obwohl der doch viel billiger gewesen wäre“, faucht Christian, einer ihrer Mitarbeiter, ins Telefon.

Mit großer Mühe unterdrückt Kearra einen genervten Aufschrei.

Sie atmet tief durch und sagt: „Christian, ich kann dazu nichts sagen, weil ich nicht weiß, um was für eine Software es sich hier handelt. Außerdem kann ich nicht allein über unser Budget entscheiden und damals wurde deine Anfrage in der Budget-Besprechung abgelehnt.“

„Es kann doch nicht sein, dass sich die anderen immer besser durchsetzen.“

Am liebsten würde sie den Telefonhörer in die Gabel werfen. Aber Kearra beherrscht sich. Sie schluckt die Wut herunter und spürt, wie sie sich als Hitzeklumpen in ihrem Bauch zusammenzieht.

„Christian, pass auf. Du weißt, wie das läuft. Ich kann nichts anderes machen, als Eure Belange vorzustellen und die Argumente darzulegen. Mehr Macht habe ich nicht. Ich muss mich jetzt wirklich auf die nächste Besprechung vorbereiten, ansonsten geht uns wieder Budget durch die Lappen.“

„Du gibst also zu, dass du nicht gut genug vorbereitet warst?“

„Nein, Christian. Das habe ich nicht gesagt. Nur, dass ich mich jetzt wirklich vorbereiten muss. Heute wird über das Budget für unsere Projekte im nächsten Jahr entschieden.“

„Okay, dann mach weiter. Aber über den Projektor unterhalten wir uns noch.“

Resigniert stimmt Kearra zu und verabschiedet sich.

Kearra ist Abteilungsleiterin für einen Unternehmensbereich in dem vor allem Projektleiter sitzen. An diesem Nachmittag ist eine Besprechung, bei der die Budgetverteilung für die nächsten Jahre beschlossen wird. Alle Abteilungsleiter kämpfen dabei verbissen darum, etwas mehr zu bekommen als die anderen. Dementsprechend angespannt ist Kearra. Mit jedem Telefonanruf, der sie mitten in ihren argumentativen Überlegungen stört, steigt ihr Stresslevel. Schon wieder hat sie ihren letzten Gedanken verloren.

Wütend blickt sie auf die Tabelle. Hinter der Wut schleicht sich langsam die Verzweiflung an. Zähneknirschend und angespannt starrt Kearra auf die Zellen der Tabelle vor ihr, in der Hoffnung, dass sie die dunkle Stimmung vertreibt.

Wieder einmal durchfährt ein stechender Schmerz ihren Kopf. Er beginnt bei ihrem angespannten Kiefer, zieht sich über die Schläfen nach oben, bis er pochend und wummernd an ihrem Scheitel ankommt. Es ist derselbe Schmerz, der Kearra schon seit Monaten begleitet, immer dann, wenn sie unter Druck steht.

Kearra nimmt ihre Hände von der Tastatur, um abzuwarten bis das Pochen in ihrem Kopf langsam die Intensität verliert. Normalerweise zieht der Schmerz sehr viel schneller wieder weiter.

Kearra starrt auf ihre Tabelle. Sie kann sich jetzt keinen Moment der Schwäche leisten. Es muss weitergehen. Sie versucht sich zu konzentrieren, aber das einzige, was passiert, ist, dass die Zellen der Tabelle langsam unter ihrem fokussierten Blick verschwimmen.

Kurz versucht sie dagegen anzukämpfen, aber irgendwann lässt sie los und ergibt sich der aufsteigenden Ruhe in ihr.

Alles tritt in den Hintergrund. Das Büro, die Probleme mit Mitarbeitern und Kollegen, die Anspannung vor der Besprechung. Nichts zählt mehr, außer sie selbst und der Moment. Im gleichen Maße, wie die äußeren Bedingungen verschwinden, spürt Kearra sich selbst bewusster. Zunächst nimmt sie einen leichten Luftzug auf ihrer Haut wahr, der von der Klimaanlage ausgelöst wurde. Sie beobachtet ihre Atemzüge, die zunächst noch sehr flach sind, doch mit jedem weiteren immer tiefer werden. Kearras Selbstwahrnehmung geht so weit, dass sie ihren eigenen Herzschlag fühlen kann. Aber all dies macht ihr keine Angst. Sie genießt den Augenblick. Sie ist ganz im Hier und Jetzt. All die Ärgernisse des Alltags geraten völlig in Vergessenheit und wirken wie eine Nichtigkeit im Angesicht der Größe der Gegenwärtigkeit.

Genauso plötzlich, wie er begonnen hat, ist dieser klare Moment, in dem sich Kearra fühlte als sei sie in ein helles Licht eingetaucht, wieder zu Ende. Sie wird zurückgeholt in die Realität ihres Arbeitsalltages. Verwirrt sieht sie sich um. Alles ist noch wie zuvor. Nichts hat sich verändert. Und doch ist alles anders für Kearra.

Sie schaut auf die Uhrzeit an ihrem Bildschirm. Es ist entweder nur eine Minute vergangen oder 24 Stunden und eine Minute. Sie kann es nicht einschätzen und irgendwie gefällt ihr die

Vorstellung, es nicht zu wissen. Allerdings lässt ihre ausgeprägte Vernunft keinen Raum für mysteriöse Fragen: „Natürlich war es nur eine Minute. Ansonsten hätte schon längst jemand nach dir geschaut oder sich beschwert. Immerhin hast du heute noch einen wichtigen Termin."

Wie immer hört Kearra auf ihre Vernunft. Aber ihr Pflichtbewusstsein, das sie an die noch ausstehende Vorbereitung für die Besprechung erinnert, hätte sie gerne ignoriert.

Fragen überschwemmen sie: „Was mache ich hier? Ist das alles noch richtig? Warum bin ich hier? Wie komme ich hierher?"

Sofort schaltet sich ihre Vernunft wieder ein: „Du bist hier bei BLF Concepts. Dem größten Hersteller von Brems- und Lenksysteme für alle Arten von Fahrzeugen. Hier wolltest du nach deinem Physikstudium unbedingt arbeiten. Durch harte Arbeit hast du es geschafft Abteilungsleiterin zu werden. Natürlich ist alles gut, denn das wolltest du so!"

„Ach, halt doch die Klappe!" möchte Kearra ihre Vernunft anschreien. Das neu entstandene „Hier und Jetzt"-Gefühl ist noch so ungewohnt schön, dass sie keine anderen Stimmen wahrnehmen möchte. Kearra möchte weiter in dem Gefühl schwelgen und ihren Gedanken, die sich gerade wie aus einem Gefängnis befreit haben, zuhören.

Doch ihr Pflichtbewusstsein gewinnt die Überhand. „Du musst weiterarbeiten, sonst wirst du nicht fertig", droht es.

Also wendet sich Kearra wieder ihrer Tabelle zu. Jetzt gelingt es ihr endlich die Zellen mit den richtigen Zahlenwerten zu füllen. Aber es erfüllt sie nicht mit Befriedigung, denn im Hintergrund bleibt das Gefühl bestehen, dass sie nicht weiß, was sie hier macht. Dennoch funktioniert Kearra. Ihr Pflichtbewusstsein diktiert ihr die nächsten Schritte und sie wird wirklich mit ihrer Arbeit vor der Besprechung fertig. Sie kann sogar in Ruhe ihre Unterlagen ausdrucken und sortieren, bevor sie sich auf den Weg zum Meeting macht.

Auch im Flur gibt ihr Pflichtbewusstsein die Richtung vor: „Weiter, vorwärts. Wir dürfen nicht zu spät kommen. Seit Wochen bereitest du dich auf diesen Termin vor. Also mach jetzt das, was du gut kannst und erkämpfe ein hohes Entwicklungsbudget für deine Abteilung.“

-2-

Bei der Besprechung treffen sich alle Abteilungsleiter der Entwicklungsabteilungen vom Standort Berlin, um mit der Budgetverantwortlichen Sandra Weidenfelder zu verhandeln, die entscheiden wird, wer wie viel Budget fürs nächste Jahr bekommen wird.

Kearra kommt gleichzeitig mit Mark am großen Meetingraum an. Sie begrüßen sich mit einem Kopfnicken. Früher haben sie mal gemeinsam als Entwickler von Bremssystemen für Züge gearbeitet, die Abteilung, die Kearra jetzt leitet. Mark ist immer noch sauer auf Kearra, weil sie vor ihm Projektleiterin geworden ist. Dass er kurz darauf selbst sein erstes eigenes Projekt bekam, ändert daran auch nichts. Auch nicht, dass er jetzt die Abteilung Entwicklung Bremssysteme für Autos, EBA, leitet. Antipathie bleibt bestehen. Immer.

Nach und nach trudeln auch die anderen Abteilungsleiter ein. Winnie von EBF, Bremssysteme Flugzeug, und Theo von ELA, Lenksysteme Auto. Alle begrüßen sich kurz angebunden.

Ein zufälliger Betrachter dieser Begrüßung hätte sie wahrscheinlich nicht einschätzen können. Das Gesagte freundlich, die Haltung ablehnend, der Blick unterkühlt. Wenn der Betrachter die Struktur von BLF Concepts kennen würde, hätte er gewusst, dass die Leiter der Entwicklungsabteilungen unter ständigem Konkurrenzdruck stehen und hätte das Gespräch als ein vorsichtiges Abtasten verstanden.

Sandra betritt den Raum und merkt gleich die Spannung zwischen den Anderen.

„Das kann ja mal wieder lustig werden“, denkt sie sich. „Immer, wenn es ums Budget geht, werden die Meetings kompliziert.“

Da sie dieses Verhalten so gut kennt, hat sie auch gleich zwei Stunden für den Termin angesetzt und hofft die Zeit reicht aus. Irgendwann muss auch wieder Schluss sein mit den Machtspielen, die sie jetzt erwarten wird. Je mehr Verantwortung die Kollegen bekommen, desto schlimmer wird es. Und sie muss es immer ausbaden und aushalten. Trotzdem setzt sie ein Lächeln auf und begrüßt alle Anwesenden.

Kearra nickt Sandra zu. Sie mag Sandra. Wenn es in der Firma mal ruhig ist, typischerweise zu Beginn des Jahres und während der Sommermonate, trinken sie manchmal einen Kaffee zusammen und weiten ihre betrieblichen Gespräche ein wenig ins Private aus. Trotzdem weiß Kearra, dass Sandra ihr heute in der Besprechung nichts schenken wird. Außerdem hat Sandra mit allen Anwesenden ein gutes Verhältnis. Obwohl Sandra im Controlling arbeitet, dem natürlichen Feind des Ingenieurs und Entwicklers, ist sie allseits beliebt. Wie sie das macht, ist ein Rätsel für Kearra. Aber sie kann sich ihrem Charme und ihrer Nettigkeit auch nicht entziehen.

Sandra schaltet den Beamer ein und loggt sich auf ihrem Account am PC ein. Sie öffnet ein Dokument mit der Statistik über Budgets und Mittelabflüsse der letzten Jahre.

„Also bevor wir damit starten das Budget zu verteilen, schauen wir uns an, wie in euren Bereichen im letzten Jahr die Mittelabflüsse und die Budgets eingehalten wurden“, fängt Sandra an. „Beginnen wir mit EBF, Winnie.“

Alle schauen auf die, an die Wand projizierte, Tabelle und es tauchen sehr viele rote Zellen auf, ein Zeichen dafür, dass die Projektplanung nicht gut war und entweder Budget oder Entwicklungszeit überschritten wurden.

Winnie erkennt Schadenfreude in den Gesichtern seiner Kollegen und wird darüber wütend. Die können doch gar nicht beurteilen, welche Auflagen er vom Bundesluftfahrtamt bekommt. Die anderen haben niemanden, der sich bei ihren Entwicklungen einmischt. Nur er und seine Mitarbeiter müssen sich mit so etwas herumschlagen. Was denken denn die anderen, wer sie sind, über ihn zu lachen.

Herablassend sagt er: „Für den Bereich Luftfahrt ist das ganz normal. Da habe ich den vollen Rückhalt von unserem Vorstand. Ihr könnt euch an unseren Innovationen gerne einmal eine Scheibe abschneiden. Dass man dafür Geld und Zeit braucht, ist ja allgemein bekannt. Außerdem wisst ihr genau, dass wir alles vom Bundesluftfahrtamt zulassen müssen."

„Aber wie ihr, bei Projekten, die über so viele Jahre laufen, dennoch immer wieder, die Zeiten überschreitet, kann niemand verstehen", setzt Theo dagegen. Er fand Winnie schon immer arrogant. Ständig bringt er die gleichen Argumente. Er braucht die Ausnahmen, weil er alles vom Bundesluftfahrtamt zulassen muss. Theo kann es nicht mehr hören. Er muss für die Automobilbranche innerhalb von Monaten komplette Projekte abwickeln und Winnie bekommt Zeit und Geld von allen Seiten nachgeschmissen.

Sandra würde am liebsten den Kopf auf den Tisch legen und ihre Ohren zuhalten. Wie oft hat sie die gleichen Diskussionen schon gehört. Selbst bei den kurzen monatlichen Absprachen kommen sie immer wieder hoch. Als nächstes sagt Kearra noch, dass sie mit ihren Bahnprojekten genauso von der Bundesregierung Forderungen aufgedrückt bekommt. Dann versucht Mark allen zu beweisen, dass er sowieso alles besser macht als Kearra. Damit will er allen und vor allem sich selbst zeigen, wie gut er ist.

Kearra kommt es an diesem Tag vor, als würde sie die Besprechung und die aufkeimende Diskussion mit großer Distanz betrachten. Was tun wir denn hier? Worüber reden wir? Hat das irgendetwas mit dem zu tun, warum wir uns hier treffen? Sie weiß den Text, den sie an dieser Stelle normalerweise vorträgt, genau. Sagt sie jedes Mal wirklich das gleiche? Und was bringt es? Wenn sie bei jedem Zusammentreffen wieder über das gleiche reden? Sie hat das Gefühl, dass alles, was gerade im Moment gesprochen wird nur davon handelt, wie jeder sich selbst über den anderen stellen will. Da es aber jeder versucht, kann keiner gewinnen und die Diskussion wird härter. Heute hat sie keine Lust darauf mitzuspielen.

Sandra schaut fragend in Richtung Kearra. Was ist denn heute nur mit ihr los? Warum steigt sie nicht mit ein? Ihr Blick trifft den Blick von Kearra und sie sieht dieselbe Frage in ihren Augen.

Da die Diskussion von ihrem normalen Weg abgekommen ist und dadurch ins Holpern gerät, ergreift Sandra die Chance die Führung des Gesprächs wieder an sich zu reißen.

„Winnie, könntest du die Verzögerungen und Kosten bitte in die nächsten Projektplanungen mit aufnehmen? Dann ersparen wir uns einiges an Stress. Gehen wir weiter zu Mark.“

-3-

Nach zweieinhalb Stunden verlässt Kearra erschöpft und ratlos den Besprechungsraum. Jeder hat sein benötigtes Budget bekommen. Doch was war das für ein Zirkus drumherum? Ihr kommt es so vor, als ob es mehr um Machtkämpfe und Eitelkeiten gegangen ist, als um die eigentliche Frage. Warum ist ihr das vorher nie aufgefallen? Das ist der reinste Zirkus der Eitelkeiten. Kearra hat immer mitgespielt, ohne dass es ihr bewusst war. Erst das heute neu entstandene „Hier und Jetzt“-Gefühl hat sie dort herausgeholt.

Ihr kommt es vor, als wäre sie heute aufgewacht und kann nicht mehr zurück. Sie hat die Seiten gewechselt. Sie ist von einem Artisten des Zirkus der Eitelkeiten zu einem Zuschauer geworden. Ohne, dass sie es wollte. Will sie zurück in die Manege? Sie kann diese Frage nicht beantworten. Wahrscheinlich gibt es noch nicht mal einen Weg zurück, jetzt da sie das Gefühl hat, dass dieser Zirkus nichts mit der Wirklichkeit zu tun hat.

Zurück im Großraumbüro ihrer Abteilung schauen sie ihre Mitarbeiter kurz vor Feierabend mit Neugierde im Blick an. Noch keiner ist nach Hause gegangen, zu viele Fragen schwirren durch ihren Kopf. Können sie mit ihren Projekten fortfahren?

Können sie weiterarbeiten wie bisher? Kearra beruhigt sie alle und erzählt, dass sie ihr Budget bewilligt bekommen haben. Dann zieht sie sich in ihr Büro zurück. Sie ist total verwirrt von dem, was in ihr in den letzten Stunden los war. Sie fühlt sich zerrissen.

Ihr Pflichtbewusstsein feiert eine Party: „Diesem neuen, unwichtigen Gefühl, haben wir's aber gezeigt! Ich hatte Recht! Jetzt haben wir das Budget. Dann kann dieses dumme neue Gefühl ja verschwinden und seine Fragen gleich mitnehmen!"

Aber so einfach lässt Kearra das „Hier und Jetzt"-Gefühl mit all seinen Fragen nicht mehr gehen. Sie klammert sich fest an ihm, wie eine Ertrinkende. Sie will die Fragen, die es hervorbringt, aufsaugen. Auch wenn sie teilweise unangenehm sind, spürt sie trotzdem, dass sie ihr gut tun. Wie eine bittere Medizin, von der man weiß, dass sie helfen wird.

-4-

Kearra hat das Gefühl, dass sie heute weder Arbeiten noch weiter Nachdenken kann. Also packt sie ihre Sachen und macht Feierabend. Früher als sonst, aber nicht so früh, dass es auffallen könnte.

Sie setzt sich in ihr Auto und fährt hinaus ins Brandenburger Land. Als sie damals mit Mann und Kindern von Hamburg nach Berlin gezogen ist, war klar, dass sie aufs Land ziehen wollten. In die kleine Stadt Treuenbrietzen haben sie sich sofort verliebt, als sie dort ein altes, renoviertes Bauernhaus angeschaut haben. Auch das Haus war traumhaft. Also war die Entscheidung schnell gefallen. Seit fast 15 Jahren wohnen sie jetzt hier.

Sie kommt nach Hause und geht ins Wohnzimmer – jahrelang der Mittelpunkt des Familienlebens. Umso ungewöhnlicher ist die Ruhe jetzt. Keine halb-ausgetrunkenen Flaschen stehen herum. Die Playstation ist aufgeräumt im Fernsehregal und die diversen Spiele stehen im Schrank. Die Kissen auf der Couch sind von der Haushaltshilfe frisch aufgeschlagen und zeigen keine Spuren von stundenlang darauf herum lümmelnden Teenagern.

Obwohl Kearra bewusst ist, dass ihre große Tochter gerade in München zu studieren beginnt und ihr jüngerer Sohn vor einem Monat zu einem einjährigen Schüleraustausch in die USA aufgebrochen ist, hat sie sich noch nicht an den neuen Anblick gewöhnt. Alles an der Situation kommt ihr unnatürlich vor.

Heute ist sie allerdings zum ersten Mal richtiggehend erleichtert darüber alleine im Haus zu sein. Sie schenkt sich ein großes Glas Leitungswasser ein und legt sich auf die Couch. Kearra schaut einfach in die Luft, ohne bewusst nachzudenken. Vermutlich hat sie Gedanken, nur möchte sie sie für heute nicht mehr wahrnehmen.

Als ihr Mann, Andreas, Stunden später nach Hause kommt, findet er seine Frau schlafend auf der Wohnzimmercouch vor. Sie hatte bestimmt einen anstrengenden Tag, denkt er sich und erinnert sich daran, dass sie ihm von einer wichtigen Besprechung erzählt hat. Er ist stolz auf seine Frau, wie sie Stufe um Stufe die Karriereleiter in einem renommierten Unternehmen hinaufgestiegen ist. Für ihn kam die Arbeit in einer Firma nie in Frage, er wollte an einem Institut forschen. Diese Unterschiede in ihren Vorlieben haben sich schon damals im Physik-Studium in Hamburg, bei dem sie sich kennengelernt haben, herauskristallisiert. Er denkt, dass sie beide sehr erleichtert darüber waren, als ihnen das aufgefallen ist. So konnten sie direkter Konkurrenz entgehen.

Er stupst sie sanft an und Kearra schlägt ganz benommen die Augen auf.

„Sorry, dass ich dich aufwecke. Wollen wir noch gemeinsam etwas essen?“, fragt er.

Kearra reibt mit beiden Handflächen über das Gesicht. Ihre Eigenart nach dem Aufwachen. Manchmal denkt Andreas sich, dass sie damit überprüfen möchte, ob sie auch wirklich wieder in der Welt der Wachen angekommen ist.

„Hmmm, ja.“ Sie streckt sich. „Ich habe noch nichts gegessen. Also gerne!“

Andreas schlendert in die Küche, während Kearra sich langsam aufsetzt. Er schaut in die Töpfe auf dem Herd. Ihre Haushaltshilfe, die mehrmals die Woche kommt, bereitet ihnen auch immer etwas zum Essen für die kommenden Tage vor. Nur am Wochenende kochen sie selbst. Mit dem Umzug nach Berlin und der Tatsache, dass sie danach beide eine gut bezahlte Vollanstellung hatten, haben sie sich diesen Luxus gegönnt. Heute gibt es ein lecker duftendes Gulasch.

Andreas deckt den Tisch und als Kearra hinzukommt, dampft schon das warme Gulasch auf den Tellern.

„Anstrengender Tag heute?“, fragt Andreas.

„Ach, ich habe dir doch erzählt, dass wir heute ums Entwicklungsbudget verhandelt haben.“

„Und hat es funktioniert?“

„Ja, wir haben das bekommen, was wir brauchen.“

„Ist ja super!“

„Ja“, Kearra sinniert einen Moment und schaut dabei ein Loch in die Luft, „ist es.“

„Du klingst aber nicht so begeistert.“

„Doch bin ich. Mir ist nur aufgefallen, was für ein Zirkus der Eitelkeiten das bei uns in der Firma ist. Das hat mich ganz schön genervt.“

„Zirkus der Eitelkeiten?“

Andreas versteht nicht wovon Kearra redet. Sie versucht es ihm zu erklären. Als sie jedoch sieht, dass er ihre Gedanken nicht nachvollziehen kann - ja mehr noch, dass er pikiert über diesen Begriff zu sein scheint - lässt sie es bleiben.

„Wie war dein Tag?“, fragt sie ihn lieber, als ihn weiter an ihren Gedanken teilhaben zu lassen. „Habt ihr die Stabilitätsversuche mit dem neuen Leichtbauwerkstoff schon abgeschlossen?“

Andreas arbeitet an einem großen Institut, das neue, leichtere Materialien entwickelt. Für dieses Fachgebiet hat er schon während des Studiums geschwärmt und später zu diesem Thema promoviert. Der Umzug der Entwicklungsabteilungen von Kearras Firma nach Berlin, kam genau zum Ende seiner Promotion. Er war glücklich über den Umzug. So konnte er eine Tätigkeit bei dem Institut annehmen, mit dem er während seiner Doktorarbeit zusammengearbeitet hat. In Hamburg wäre es damals noch schwer gewesen in diesem Forschungsgebiet eine Stelle zu finden.

Das restliche Abendessen lang, während dem Abräumen des Tisches und bis sie sich gemeinsam auf die Couch setzen, erzählt Andreas Kearra von seinen Forschungen. Kearra versucht Andreas Erzählungen zu folgen. Andreas freut sich immer darüber, dass seine Frau so gut verstehen kann, was er tagtäglich macht. So werden seine Erzählungen manchmal sehr ausführlich.

Kearra hört Andreas gerne zu. Aber heute ist sie nicht mit voller Konzentration dabei. Sie schiebt es darauf, dass sie am Nachmittag geschlafen hat und noch nicht ganz wach ist. Pünktlich zur Tagesschau machen sie den Fernseher an und Kearra ist froh, weder weitere Erzählungen über

Kompositwerkstoffe anhören noch ihren Gedanken nachhängen zu müssen.

-5-

Am nächsten Morgen wacht Kearra wie gerädert auf und weiß gar nicht warum. Sie ist mit ihrem Mann früh ins Bett gegangen, hat nichts getrunken und auch sonst war nicht viel los. Außer all die Fragen und Gedanken, die sich gestern in ihren Kopf geschlichen haben. Doch das ist jetzt vorbei. Das war nur gestern. Wahrscheinlich, weil ihr die Besprechung zur Budget-Verteilung lange im Magen gelegen ist. Kein Wunder, dass sich dieser Stress irgendwo bemerkbar macht.

Wie üblich verschafft sie sich noch im Bett am Handy eine Übersicht über die Termine des Tages. Ihr Pflichtbewusstsein jubiliert, denn das Hier- und-Jetzt-Gefühl scheint vergessen zu sein. Kearra ist so vertieft in ihre Tagesplanung, dass sie nichts davon mitbekommt.

Ihr erster Termin ist ein monatliches Meeting mit den Projektleitern in ihrer Abteilung. Dort wird immer überprüft, wie der Stand der Projekte ist.

Voll in ihrer Alltagsroutine gefangen, erscheint Kearra pünktlich zu dem Termin bei der Arbeit. Wie immer hat sie kaum wahrgenommen, was sie bis dorthin alles gemacht hat. Zähneputzen, Schminken, Anziehen, Frühstücken, Autofahren, zum Büro laufen – alles läuft wie mechanisch ab.

In Kearra's Gedächtnis bleibt meist nur der Blick in den Kalender und die Ankunft auf der Arbeit hängen.

-6-

„Was ist mit der Machbarkeitsstudie zu keramischen Bremsen für Züge, Paul?“, fragt Kearra während ihres Projektleitertreffens.

Zögerlich sortiert Paul seine Unterlagen. Kearra fragt sich, was da wohl los ist, warum er so zurückhaltend ist. Normalerweise vergeht keine Minute, in der sich Paul nicht in den Vordergrund drängt.

„Das Institut für Keramik hat mir eine erste Einschätzung zugesendet.“

„Ja und? Was steht darin?“

„Ihre Einschätzung ist nur eine Meinung. Wir brauchen noch viel mehr Meinungen.“

„Was steht darin, Paul?“

„Nicht machbar“, antwortet Christian für ihn.

Wütend funkelt Paul ihn an. Was denkt sich Christian denn? Nur weil er mit einem Mitarbeiter von dem Institut befreundet ist, braucht er sich doch nicht in sein Projekt einmischen. Das geht ihn gar nichts an.

„Stimmt das?“, fragt Kearra Paul.

„Wie gesagt, das ist nur eine Meinung, ich werde noch mehrere einholen. Du weißt doch selbst, dass die am Institut so konservativ sind, die können sich so eine neue Idee gar nicht vorstellen."

„Paul! Wir können mit dem Projekt nur weitermachen, wenn belegbar ist, dass es durchführbar ist. Wir geben kein Geld für Sackgassen aus."

„Mein Projekt ist keine Sackgasse!", entgegnet Paul wütend und das Gespräch scheint in einem Streit enden zu wollen. Nichts Neues für Kearra. So ist es meistens. Jeder hält an seinem Projekt fest, als ginge es um sein Leben.

Plötzlich spürt Kearra wieder diese seltsame Distanziertheit. Normalerweise würde sie jetzt darauf eingehen und es würde mindestens ein Streit zwischen ihr und Paul, aber wahrscheinlich mit einem noch größeren Kreis, entstehen.

Die neuen Gedanken und Gefühle in Kearra sorgen dafür, dass sie auf diesen Streit heute keine Lust hat. Anstatt darüber zu reden, wie man das Projekt weiterbringen kann, geht es nur darum, dass Paul Angst hat sein Projekt und damit seinen Status zu verlieren. Dabei kann er nichts verlieren. Ob er dieses Projekt macht oder ein anderes spielt keine Rolle für sein berufliches Leben. Er muss sich maximal in eine neue Thematik einarbeiten und das sollte für einen Ingenieur doch keine Rolle spielen. Woher kommt seine Angst? Und warum lässt er sich so leiten von ihr? Warum sieht er nicht das große Ganze, nämlich die Technik, die wir verbessern könnten.

„Geht es überhaupt jemals um die Entwicklung und die Technik bei meiner Tätigkeit?“, überlegt sich Kearra.

Dieser Gedanke trifft sie wie ein Schlag. Ihren gesamten Arbeitselan und ihre Motivation zieht sie daraus, dass sie der Meinung ist, durch ihre Arbeit wird etwas Wichtiges geschaffen, was die Welt oder zumindest die Schienentransportsysteme nach vorne bringt.

Wie viel Geld, Zeit und Engagement wohl in diesem Eitelkeitenkampf verloren geht? Wie oft hat sie selbst genau diesen Kampf geführt? Wie oft hat sie als Abteilungsleiterin Gespräche geführt, die sich nur darum drehen?

„Paul, wenn du bis nächsten Monat keine gute Begründung dafür hast, dass das Projekt durchführbar ist, stoppen wir es“, sagt Kearra ruhig zu Paul.

„Das kann doch nicht dein Ernst sein!“, fährt Paul Kearra ärgerlich an.

„Doch ist es und jetzt weiter zum nächsten Projekt.“

Kearra ist plötzlich so müde von all diesen Diskussionen, die sie schon zur Genüge kennt und die noch nie zu etwas geführt haben. Wie viele Stunden hat sie schon damit verschwendet über Dinge, die glasklar sind, zu diskutieren, weil ihr

Gegenüber sich nicht eingestehen konnte, dass er nicht im Recht ist? Und wie viele solche Diskussionen hat sie selbst schon geführt, um ihre Stellung zu festigen? Ohne das kleinste Bewusstsein darüber, was vor sich geht.

-7-

In ihrer Mittagspause geht sie in den nahegelegenen Park und setzt sich auf eine Bank. Sie braucht etwas Abstand zu ihrer Arbeit. Dieses Gefühl kennt sie nicht. Normalerweise will sie kaum über etwas anderes nachdenken als die Arbeit. Im Moment allerdings scheint sie der ganze Zirkus in den Wahnsinn zu treiben. Wenn sie jetzt auch noch die Geräuschkulisse in der Kantine aushalten müsste, würde sie wahrscheinlich ausrasten.

Doch schnell verpufft die Wut im Park und sie merkt, dass sie müde ist. Sie fühlt sich plötzlich so erschöpft und aufgerieben von all den Machtkämpfen und dem Gerangel um sie herum. Wer hat Recht? Wer kann sich besser durchsetzen? Wer hat mehr Macht über die anderen? Nur darum geht es.

Ihr erscheint es so unlogisch. Sie hat doch Physik studiert, um die Welt besser zu begreifen. Dann hat sie bei BLF Concepts angefangen, weil sie es wirklich wichtig fand und immer noch findet, dass Fahrzeuge sicherer werden. Schmunzelnd erinnert sie sich an den Grund warum ihr Brems- und

Lenksysteme für Fahrzeuge so wichtig sind. In Irland, wo sie Autofahren gelernt hat, sind die Straßen löchrig, wellig, eng, unübersichtlich und voller Schafe. Trotzdem fahren die Iren wie auf einer deutschen Autobahn. Sie wollte unbedingt, dass Fahrzeuge sicherer werden, damit sie sich um ihre Familie keine Sorgen machen muss.

Jetzt dreht sich ihr Arbeitsalltag allerdings vor allem um Eitelkeiten. Das ist doch zum Haareraufen. Wie viele Jahre macht sie das jetzt schon mit? Sind es wirklich 20 Jahre, die sie schon bei BLF Concepts arbeitet? Ging es je wirklich um die Technik? Vielleicht am Anfang als sie noch selbst in der Entwicklung gearbeitet hat.

Lustlos und müde schleppt sie sich am Ende ihrer Pause zurück zur Arbeit. Ist es ihr jemals so schwer gefallen dorthin zu gehen?

-8-

Auf dem Weg zum Jour-Fix, der wöchentlichen Absprache der Abteilungsleiter mit ihrem Chef, dem Spartenleiter Konrad Kapfinger, schlägt Kearra einen langsameren Schritt an. Normalerweise hetzt sie gestresst zu diesem Termin, auf den sie sich kurz vorher noch so akribisch vorbereitet hat, dass ihr bloß niemand ans Bein pinkeln kann. Der Konkurrenzdruck ist in diesen Meetings immer ganz deutlich zu spüren. Keiner möchte negativ auffallen und jeder möchte sich selbst besser darstellen als die Anderen. Kearra puscht sich auf den letzten Metern zum

Büro des Spartenchefs noch einmal auf, indem sie den Schritt doch noch anzieht. Das verleiht ihr ein energischeres Auftreten. Außerdem wirkt es wichtig, wenn man etwas außer Atem dort ankommt. In einer Zeit, in der nur noch wenige Berufe wirklich körperlich anstrengend sind, werden körperliche Anzeichen für angestrengte Arbeit immer noch mit großer Motivation in Zusammenhang gebracht. Einmal hat Konrad sogar, um zum Ausdruck zu bringen, wie wenig er mit der Arbeitsmoral zufrieden ist, gesagt, dass er noch nie einen seiner Mitarbeiter hat schwitzen sehen. Seitdem versuchen alle, wenn sie zu Konrads Jour-Fix kommen, zumindest einige körperliche Anzeichen von Arbeit kurzfristig zu generieren.

Kurz vor dem Büro von Konrad fällt Kearra dieses Verhalten an sich selbst auf und sie bremst sich wieder herunter. Im Park hat sie noch darüber nachgedacht, dass sie diese Spiele und der ganze Zirkus aufregen und jetzt spielt sie schon wieder ihre Rolle. Kearra atmet tief durch, um ihren Herzschlag zu beruhigen und betritt absichtlich mit sehr ruhigem und gemäßigtem Schritt den Raum. Sofort erntet sie einen abfälligen Blick ihrer Kollegen.

Konrad wirft seinen Blätterstapel auf den Tisch und man sieht ihm an, dass er wütend ist.

„Ich war letzte Woche auf einer Schulung der Personalabteilung. Es ging um die Einhaltung der gesetzlichen Arbeitszeiten und meine Sekretärin hat eine Auswertung für unsere Sparte gemacht.

Mehrmals pro Woche kommt es vor, dass ein Mitarbeiter länger als 10 Stunden bei uns arbeitet. Dies ist gesetzlich verboten. Das müssen unsere Mitarbeiter doch wissen. Warum machen die so etwas?“

Alle Kollegen schütteln aufgebracht den Kopf, nur Kearra macht nicht dabei mit. Sie ist aufgebracht, aber eher über Konrad. Sie ist sich sicher, dass er die genauen gesetzlich festgelegten Arbeitszeiten bis zu dieser Schulung auch nicht kannte und vor allem nicht darauf geachtet hat, dass sie eingehalten wurden. Im Gegensatz, wenn man das Pech hat sein Büro in direkter Umgebung vom Spartenchef zu haben, fühlt man sich gezwungen deutlich länger zu arbeiten.

„Wissen die denn nicht, dass das total negativ auf uns zurückfällt. Wir werden ab sofort dagegen vorgehen. Ich werde nicht weiter dulden, dass die 10 Stunden überschritten werden. Macht das euren Mitarbeitern deutlich. Ansonsten werden sie vom Gesetzgeber Probleme bekommen.“

Während ihre Kollegen eilfertig mitschreiben und Konrad versichern, dass sie sich sofort dafür einsetzen werden, rümpft Kearra die Nase. Wie kann Konrad sein Problem, nämlich, dass er dafür sorgen muss, dass seine Mitarbeiter geregelte Arbeitszeiten haben, auf die Mitarbeiter abwälzen.

Wie kommt er nur dazu zu sagen, dass die Mitarbeiter Probleme mit dem Gesetzgeber bekommen? Sie hat nur wenig Ahnung von den Gesetzen, die die Arbeit in Deutschland regeln, aber das kann sie sich nicht vorstellen. Das Unternehmen bekommt die Probleme und Konrad wahrscheinlich durch die Personalabteilung, aber doch nicht der einzelne Mitarbeiter.

Als Kearra bewusst wird, was sie gerade für Gedanken zulässt, läuft es ihr kalt den Rücken herunter. Sie ist es nicht gewohnt innerlich dermaßen auf die Barrikaden zu gehen. Um Karriere zu machen, muss man in solchen Dingen seinen Vorgesetzten unterstützen. Das wissen alle im Raum Anwesenden und daran wird sich gehalten.

„Kearra, bist du nicht damit einverstanden?", fährt sie Konrad prompt an.

„Doch, doch. Ich habe mir nur Gedanken über das Arbeitsgesetz gemacht", antwortet Kearra. Äußerlich versucht sie gute Miene zu gewohntem Spiel zu machen, aber innerlich hat sie das Gefühl zu zerreißen.

Die Erinnerung an diese Besprechung legt sich wie eine weitere Schicht auf ihr betrübtes Gemüt und sorgt dafür, dass sie auch an diesem Tag, kraft- und mutlos ihren Arbeitsplatz verlässt.

-9-

Ihre Stimmung hat sich auch noch nicht gelichtet, als sie die Kneipe betritt, in der sie sich einmal im Monat mit ihren Freundinnen trifft. Da sie direkt nach der Arbeit herkommt, ist sie wie so oft, die erste am Tisch und bestellt sich ein Glas Weißwein.

Nachdem sie beim ersten Schluck spürt, wie wohlig sich die dämpfende Wirkung des Weins anfühlt, nimmt sie sich vor, nicht mehr als dieses eine Glas zu trinken. Ansonsten würde sie vermutlich nicht mehr aufhören und könnte die Tagung, zu der sie morgen eingeladen ist, vergessen.

Nach und nach trudeln die anderen Frauen ein.

„Du schaust ja scheiße aus!“, wird sie von Anna begrüßt.

„Na vielen Dank auch“, antwortet Kearra.

„So habe ich das nicht gemeint, du bist toll gestylt, wie immer, aber irgendwie schaust du sehr schlecht gelaunt aus.“

„Bin ich auch. Die Arbeit nervt mich.“

„Endlich bist du auch mal dort, wo ich schon lange bin“, lacht Anna. „Wir erzählen seit Jahren davon, wie uns unsere Arbeit auf den Keks geht und du hast immer die Fahne für deine Firma und deine Tätigkeit hochgehalten.“

„Na toll, Anna. Das hilft mir jetzt auch nicht weiter.“

„Sorry, tut mir leid. Erzähl uns doch davon.“

Kearra erzählt von ihren Gedanken und wie sie anfängt hinter die Fassade der Machtspiele in ihrer

Firma zu blicken. Alle ihre Freundinnen nicken und geben ihr Recht. Genauso erleben auch sie ihren Arbeitsalltag.

„Irgendwie macht es das für mich noch schlimmer, wenn es euch allen auch so geht wie mir“, sagt Kearra schließlich. „Können wir denn gar nichts machen?“

„Naja, ich akzeptiere es, dass es so ist und sorge für Ausgleich, in dem ich Sport mache, mit meinem Mann und Kindern am Wochenende viel unternehme, mich mit euch treffe“, erzählt Lisa.

„Ach toll, gerade sind meine Kinder ausgezogen. Wahrscheinlich fällt das Kartenhaus der perfekten Arbeit gerade jetzt zusammen, weil ich weniger Ablenkung habe“, fasst Kearra ihre Situation zusammen.

Ihrer Stimmung hilft es ein wenig, den Abend mit ihren Freundinnen verbracht zu haben. Aber ein schales Gefühl bleibt dennoch zurück.

-10-

Bei der Tagung, zu der sie mit müden Augen erscheint, handelt es sich um ein Treffen von Entwicklungsbereichen der großen Zulieferer für Bahnkomponenten. Acht Firmen haben Projektmanager oder Abteilungsleiter geschickt. Kearra präsentiert die Entwicklungen, die in ihrer Abteilung stattfinden.

Als sie im Konferenzraum ankommt, hat sich schon jeder der 20 Teilnehmer einen Platz an dem großen Besprechungstisch gesucht. Die Situation kommt ihr so bekannt vor, denn genau solche Termine hat sie schon in Massen besucht. Trotzdem ist etwas anders. Sie fühlt sich nicht als Teil dieser Gruppe. Sie hat ihre Beobachterposition der letzten Tage noch nicht wieder aufgegeben.

Und so fällt ihr auf, dass die Haltung der am Tisch sitzenden Personen irgendwie komisch aussieht. Sie schaut genauer hin und sieht, wie einer der Männer auf seinem Stuhl hin und her rutscht, bis er richtiggehend breitbeinig da sitzt. Kurz darauf fängt der Herr, der ihm gegenüber Platz genommen hat, mit dem gleichen Verhalten an. Irgendwann sitzt jeder der Personen am Besprechungstisch so breit wie möglich im Stuhl.

Kearra fängt fast an zu kichern, als ihr auffällt, dass die Männer somit den Blick auf ihre Geschlechtsteile locken. Fast bricht sie wirklich in Lachen aus, als sie bemerkt, wie manche das noch mit ihrer Gestik unterstützen, indem sie ihre Hände genau auf diesen Bereich deuten lassen.

Aber Kearras Pflichtbewusstsein ruft sie zur Vernunft: „Konzentriere dich! Du kannst dieses Treffen hier doch nicht damit versauen, dass du plötzlich zu lachen anfängst!“

Wie immer hört Kearra auf ihr Pflichtbewusstsein und unterdrückt den Anflug von Humor.

Nur kurz droht er wieder aufzuflammen, nämlich als der ihr gegenübersitzende Herr demonstrativ den Ärmel seines Jackets zurückstreift und somit rein zufällig seine teure Uhr zum Vorschein bringt. Woraufhin alle anderen am Tisch eine ähnliche Bewegung machen.

Kurz keimt Belustigung in Kearra auf, bis sie bemerkt, wie sie selbst dieselbe Geste macht. Und hat sie sich vorhin beim Stühlerücken nicht auch noch mehr aufgerichtet und die Hände auf die Stuhllehne gelegt, um ja auch viel Platz in ihrem Stuhl einzunehmen?

Kearra ist schockiert. Macht sie also genau das gleiche, wie alle Personen in diesem Raum, über die sie sich vor einigen Momenten lustig gemacht hat? Aber was soll das bringen? Warum macht sie bei so etwas mit?

„Weil du auch mitmachen willst bei diesem Spiel“, antwortet ihre Vernunft.

„Weil du dich ansonsten nicht durchsetzen kannst, wenn es darauf ankommt. Du willst doch für voll genommen werden“, wirft ihr Pflichtbewusstsein ein.

Unruhig rutscht Kearra auf ihrem Stuhl herum. Sie fühlt sich gar nicht mehr wohl in ihrer Haut und weiß nicht mehr, wie sie sich verhalten soll.

In der ersten Stunde beteiligt sie sich kaum an der Diskussion und verbleibt in ihrer Beobachterposition. Sie sieht, wie wirklich derjenige, der sich am breitesten auf den Stuhl gesetzt hat und dessen Gestik eindeutig Richtung untere Mitte des Körpers zeigt, sich auch in den meisten Gesprächen durchsetzt. Offensichtlich macht sein Verhalten Eindruck auf die Anderen.

Nach einer Stunde, als sie plötzlich merkt, dass die Diskussion zu ihrem Fachgebiet gewechselt hat und die Beteiligten über ihre Arbeit lästern, verlässt sie die Beobachterposition und wird ein Teil des Spiels. Immerhin hat sie dieses Spiel seit mehr als 20 Jahren mitgespielt. Sie kann es genauso gut, wie die Männer um sie herum.

Ihre Stimme wird tiefer und bestimmter, als sie anfängt, aufzuzählen, was unter Ihrer Führung alles Tolles entwickelt wurde. Sie kopiert das Verhalten der anderen und stellt sich und ihre Arbeit dar, als hätte sie mindestens einen Nobelpreis dafür verdient. Sie weiß, dass es nur Aufschneiderei ist, aber alle anderen machen es ja auch. Wenn sie ehrlich erzählen würde, würde sie bestimmt nicht wahrgenommen werden.

Sie bemerkt das anerkennende Grunzen der Männer um sie herum und weiß, dass sie mal wieder „ihren Mann gestanden hat". Allerdings bleibt das befriedigende Gefühl, dass sie manchmal nach solchen Besprechungen hat, dieses Mal aus. Was bleibt, ist der schale Geschmack, dass sie sich verstellt hat, dass sie zu einer anderen geworden ist, nur um sich durchzusetzen.

-11-

Auch am Abend spürt sie noch die große Unzufriedenheit mit sich selbst. Zusammen mit den Zweifeln, die immer wieder hochkommen, was sie hier macht, bringt es Kearra in eine sehr schlechte Stimmung. Sie fragt sich, ob es so etwas wie eine Midlife-Crisis ist: Sie geht mit großen Schritten auf die 50 zu und weiß nicht mehr, ob es ihr bei ihrer Arbeit gefällt. Komischerweise beruhigt sie dieser Gedanke, denn damit hat sie eine Erklärung für ihr seltsames Verhalten bekommen. Trotzdem fühlt sie, dass es nicht ganz der Wahrheit entspricht. Sie möchte ja auch nicht Hals über Kopf ihre Arbeit beenden – sie weiß überhaupt nicht, was sie möchte. Nur, dass sie sich plötzlich nicht mehr wohl auf der Arbeit fühlt.

Zum Glück werden ihre Gedanken von einem Anruf ihrer Tochter unterbrochen.

„Hallo Mama, es ist so toll hier in München, das kannst du dir gar nicht vorstellen“, sprudelt es aus Orla heraus.

„Ja hallo, das freut mich aber! Was ist denn alles passiert, seit wir das letzte Mal gesprochen haben?“

Orla erzählt von neuen Freundschaften, die sie geschlossen hat, von einem Ausflug, den sie mit ein paar dieser Freunde in die Alpen gemacht hat. Dort wollten sie wandern, sind aber in der ersten Berghütte hängen geblieben und der junge Almwirt, der dort jedes Jahr seinen Urlaub verbringt, hat es ihr wohl besonders angetan.

Kearra hört zu, fragt nach und lässt sich anstecken von der quirligen Energie ihrer Tochter. So dass sie fast gänzlich die Gedanken über Zweifel, Midlife-Crisis und Arbeit vergisst.

Als Orla schließlich ihre Mutter danach fragt, was es denn zu Hause Neues gibt, kommen die Gedanken zurück, aber nicht mehr so intensiv.

„Ach, nichts Besonderes eigentlich. Ich bin nur schrecklich genervt von meiner Arbeit. Aber es ist nichts Schlimmes passiert. Es ist einfach eine gewisse Unzufriedenheit."

„Aber Mama, so kenne ich dich ja gar nicht."

„Ich weiß, ich bin auch überrascht. Wahrscheinlich vermisse ich einfach dich und deinen Bruder so, dass ich mit allem unzufrieden bin."

„Ach Mama, mach mir kein schlechtes Gewissen. Ich dachte du und Papa ihr feiert jetzt das Alleinsein."

„Ist schon gut, Orla, ich wollte dir kein schlechtes Gewissen machen. Es passt wirklich alles."

Auch wenn sie von der Stimmung ihrer Tochter aufgeheitert wurde, weiß Kearra, dass dieser letzte Satz gelogen war. Zumindest was ihren Arbeitsalltag betrifft und der nimmt schließlich den Großteil ihres Tages ein.

Nachdem sie das Telefonat beendet hat, ruft sie ihren Sohn Noah an. Mittlerweile ist es abends und in den USA beginnt gerade der Nachmittag, so dass er schon wieder aus der Schule zurück im Haus seiner Gastfamilie ist.

„Hallo Mama, ich habe gar nicht viel Zeit. Gleich gehen Justin und ich zum Football-Training. Stell dir vor, ich darf hier direkt mit einsteigen in seiner Mannschaft. Normalerweise müssen die Kinder hier lange Auswahltrainings machen, aber mich nehmen sie ohne Prüfung, weil ich ihnen von meinen Erfolgen als Fußballer (was hier übrigens Soccer heißt, stell dir das mal vor) erzählt habe. Und heute in der Schule, bin ich sehr gelobt worden in Mathe. Weil das, was die hier machen ist total pillepalle. Das habe ich schon vor zwei Jahren gelernt."

Kearra kommt nicht zu Wort. Sie kann kaum sagen, dass es sie freut, dass es ihm gut geht, schon beendet Noah das Gespräch, weil er jetzt wirklich los muss. Meist sind die Telefonate mit Noah so kurz. Am Anfang waren sie länger. Da hat er seine Eltern und Deutschland sehr vermisst. Kearra deutet es als gutes Zeichen, dass jetzt so viel in seinem Leben los ist, dass er kaum Zeit zum Telefonieren hat. Beruhigt, dass es ihren Kindern gut geht, kann sie an diesem Tag fast ohne weitere Grübeleien einschlafen.

-12-

Jeden Tag versucht Kearra, sich wieder in ihre Rolle zu fügen. So auch heute. In ihrem ganzen Bemühen sieht sie die nächste Katastrophe nicht auf sich zurollen. Die Katastrophe hat einen Namen: Martin Meister

Martin Meister ist verantwortlich für die Produktion. Wie es diese Position mit sich bringt, ist er ein Pedant. Am liebsten würde er sein ganzes Leben an Normen und Richtlinien orientieren, aber leider gibt es da noch andere Menschen. Für ihn ist Kearra ein rotes Tuch, da sie Chaos in seine geordneten Strukturen bringt. Jedes Mal, wenn er etwas mit ihr besprechen muss, überkommt ihn ein flaues Gefühl im Magen, weil er nicht weiß, was als nächstes passieren wird.

So wie vor drei Jahren, was Kearra da gemacht hat, war der Gipfel der Unverschämtheit. Er sollte ihr helfen eines ihrer Projekte bei sich in der Produktion umzusetzen. Er war kooperativ, aber Kearra hat nur Chaos in seine wohlgeordnete Produktionslinie gebracht. Für das Installieren der Software musste seine Produktion einen Tag lang stillstehen. Dann später noch einmal, weil durch einen Fehler, der Kearra nicht aufgefallen ist, das System immer wieder abgestürzt ist. Dann war auch noch die Dokumentation für die Software fehlerhaft. Auf der ersten Seite war als Datum 1907 eingetragen, anstatt 1997. Aber das schlimmste war, als er sie auf einen Fehler im Datum hingewiesen hat, hat Kearra einfach einen

Kugelschreiber genommen und das Datum damit geändert. Sie hat sich noch nicht einmal die Mühe gemacht, die Änderungen im PC vorzunehmen und alles neu auszudrucken. Jetzt erinnert ihn dieses Dokument, das in Mitten der anderen fein säuberlich ausgedruckten, mit einem Lineal gefalteten und dann zusammengebundenen Beschreibungen heraussticht, jedes Mal an diese Niederlage.

Kearra beobachtet, wie Martin Meister auf ihr Büro zugeht. Was will er denn schon wieder? Er trägt schon wieder so einen wütenden Ausdruck im Gesicht. Sie weiß gar nicht, wann sie ihn das letzte Mal mit einer entspannten Miene gesehen hat. Was ihm wohl heute wieder über die Leber gelaufen ist? Irgendwie genießt sie den seit Jahren unterschwellig brodelnden Konflikt mit ihm. Er ist so ein Pedant, so etwas kann sie nicht leiden und er lässt sich so schnell auf die Palme bringen.

Heute allerdings, unter all ihren Zweifeln, möchte Kearra am liebsten ihre Bürotüre verschließen und dem Konflikt aus der Welt gehen. Es geht doch auch hier nur wieder um Eitelkeiten und darum, wer das letzte Wort hat. Warum denn das alles? Es trägt nichts zur Produktivität bei.

Martin Meister reißt die Türe auf.

„Die Software zur Produktionsüberwachung hat schon wieder ein Dokument nicht richtig abgespeichert. Es ist eine Unverschämtheit, was Sie mir für Zeug unterjubeln!“

„Sind denn die Dateien verloren?“, fragt Kearra ruhig nach. Sie ist viel zu müde und erschöpft, um sich angegriffen zu fühlen.

„Nein, natürlich nicht, weil meine Mitarbeiter ja nicht blöd sind, sie haben es dann unter einem anderen Namen abgespeichert“, antwortet Martin Meister erbost.

„Dann gibt es ja kein Problem mehr“, fasst Kearra zusammen.

„Kein Problem?“, Martin Meister schnaubt auf vor Wut. „Ständig gibt es Beschwerden, kannst du nicht endlich mal etwas richtig machen? Das wird Konsequenzen haben. Ich habe morgen einen Termin bei deinem Chef.“

Eigentlich sollte sich Kearra darüber aufregen, aber im Moment scheint es für sie, als ob sie hinter all die Fäden blickt, die dort vor ihrem Auge gesponnen werden. Martin Meister wird zu ihrem Chef gehen, sie anschwärzen. Normalerweise würde sie mitgehen und vor ihrem Chef würden sie sich beide mit Argumenten versuchen zu übertrumpfen. Beide würden sich selbst in ein gutes Licht stellen. Am Ende hätten sie Stunden diskutiert und das Ergebnis wäre, dass es eine neue Version der Software geben wird – die aber sowieso schon fast fertiggestellt ist. Im Endeffekt hätte sich nichts daran geändert, außer dass je zwei Stunden von drei Menschen verschwendet wären.

„Wenn du das möchtest, dann kannst du das gerne machen. Aber das Software-Update ist schon fast fertig und wird nächsten Monat installiert“, sagt sie in ruhigem Ton zu Martin Meister.

„Heißt das, du willst noch nicht mal mitkommen zum Chef?“

„Ich wüsste nicht, was das bringen soll.“

„Das wirst du bereuen. Das verspreche ich dir!“, schreit Martin Meister sie an, kurz bevor er die Türe zuwirft.

Die Stimmung von Kearra ist am Boden. Noch nicht mal ihr Pflichtbewusstsein dringt zu ihr durch, um sie doch noch zu überreden an dem Termin teilzunehmen. Sie sitzt einfach im Büro und schaut auf den Desktop ihres Bildschirms ohne etwas wahrzunehmen, ganz in Gedanken versunken. Gedanken darüber, was sie hier macht. Immer wieder die gleichen Gedanken. Immer wieder die gleichen Zweifel.

-13-

Von Tag zu Tag fällt es ihr schwerer morgens aufzustehen, sich ins Auto zu setzen und zur Arbeit zu fahren. Wenn sie in ihrem Kalender eine Besprechung sieht, sinkt ihre Stimmung noch weiter. Und in ihrem Kalender gibt es fast nur Besprechungen.

Ihrem Mann fällt langsam auch eine Veränderung an ihr auf. Nach ein paar Tagen schneidet er das Thema beim gemeinsamen Abendessen an.

„Kearra, was ist denn mit dir los? Du wirkst so betrübt?“

„Hm, ja, bin ich auch. Hat aber nichts mit dir zu tun.“

Lachend sagt Andreas: „Na, das will ich auch hoffen, dass es nichts mit mir zu tun hat.“

Auch Kearra grinst ein wenig. Typisch Andreas, der über alles Witze reißen muss.

„Ist es, weil unsere Kinder weggezogen sind?“

„Nein, eigentlich nicht. Wobei, ich vermisse sie schon sehr“, antwortet Kearra. „Da tut es auch nichts zur Sache, dass wir alle paar Tage skypen und eigentlich wissen, dass es ihnen gut geht. Aber hilft dir das wirklich?“

„Nein, nicht wirklich. Zu wissen, dass es ihnen gut geht, ist das eine, aber sie nicht jeden Tag zu sehen ist etwas ganz anderes.“

„Ich dachte, es wird ganz einfach, immerhin hatten wir ja fast ein Jahr lang Zeit uns darauf vorzubereiten. Außerdem dachte ich, dass wir auch mal froh sind unsere Ruhe zu haben.“

„Ja, das dachte ich auch. Wobei ich es wirklich toll finde, etwas mehr Ruhe zu haben.“

„Stimmt. Heimkommen, aufs Sofa, keine Hausaufgaben kontrollieren, kein Kinder-Taxi spielen – das hat auch etwas. Aber sag das bloß nie zu unseren Kindern.“

Jeder der beiden hängt seinen Gedanken an die Kinder nach und da Nachdenken normalerweise ruhig vor sich geht, hört man nur das Klappern der Löffel im fast leeren Suppenteller.

„Ach vergiss, was ich gesagt habe, dass es auch toll ist. Ich vermisse Orla und Noah so sehr, dass es wehtut“, unterbricht Kearra die Ruhe.

„Ich auch“, antwortet Andreas.

„Weißt du noch, wie Noah noch vor wenigen Jahren, immer die Hälfte seines Essens in die Hosentaschen gestopft hat, um sie dann abends mit seinen Kuscheltieren im Bett zu teilen.“

„Was für eine Sauerei – jeden Abend“, stimmt Andreas lachend zu.

„Bis wir das überhaupt gemerkt haben. Erst haben wir uns noch über den Geruch in seinem Zimmer gewundert.“

„Oh Gott, erinnere mich bloß nicht daran, wie eklig es war, das alles aufzuräumen.“

„Und der Tag als Orla ihren ersten Freund mit zum Abendessen brachte. Ohne den Besuch anzukündigen oder auch nur zu erzählen, dass sie einen Freund hat.“

„Ich wäre fast vom Stuhl gefallen damals. Zum Glück hast du dich besser im Griff gehabt und mich davon abgehalten, Dummheiten zu sagen“, erinnert sich Andreas.

Kearra und Andreas schwelgen den restlichen Abend in der Sehnsucht nach ihren Kindern und Kearra genießt es, nicht an ihre Arbeit denken zu müssen.

-14-

Am nächsten Morgen jedoch, fällt es ihr noch schwerer aufzustehen. Was erwartet sie schon an diesem Tag? Ein weiterer Tag, an dem sie den Artisten im Zirkus der Eitelkeiten zusehen und selbst mitspielen muss. Ihr Pflichtbewusstsein will sie aus dem Bett treiben, aber selbst das ist in den letzten Tagen ruhiger geworden. Das wunderschöne „Hier-und-Jetzt"-Gefühl, das sie aus ihrem Trott aufwachen und sich des Zirkus bewusst werden ließ, ist schon fast gänzlich verschwunden. Im Moment regiert die Unlust, die ihr immer wieder sagt, dass sie nicht zur Arbeit will. Auch ein neues Gefühl. Trotzdem quält sie sich aus dem Bett und fährt jeden Morgen los. So viel Einfluss hat ihr Pflichtbewusstsein schon noch.

In der Firma wartet schon Werner, einer ihrer Projektleiter, auf sie.

„Warum kommst du so spät? Normalerweise bist du doch um diese Uhrzeit schon längst da!", fragt er sie vorwurfsvoll.

„Auch ich habe Gleitzeit und darf sie nutzen“, antwortet Kearra, leicht irritiert über den Angriff von Werner. „Was gibt’s?“

„Du hast mir gestern geschrieben, dass ich noch jemanden auf meine Projektplanungssoftware anlernen soll.“

„Ja genau, das macht doch Sinn. Dann musst du nicht immer alles alleine machen und wir können darauf auch zugreifen, wenn du nicht da bist.“

„Es ist aber ganz schön kompliziert. Das würde ewig dauern, bis ich das alles jemandem erklärt habe“, versucht Werner Kearra von ihrem Gedanken abzubringen.

„Ach geh! Wir sind doch alles Ingenieure!“, antwortet Kearra und fragt sich, warum das so ein Problem sein sollte.

„Ja, aber ich habe die Software programmiert und kenne mich gut darin aus. Außerdem macht es mir nichts aus, die Planung für alle Projekte zu übernehmen!“

Warum sträubt er sich nur so dagegen, fragt sich Kearra. Für ihn wäre es doch auch eine Erleichterung. Er kann doch nicht die ganze Planung für die Abteilung machen. Das ist doch viel zu viel, oder?

Die Erkenntnis tröpfelt langsam in ihr Bewusstsein: Werner will sein Alleinstellungsmerkmal nicht aufgeben. Jahrelang hat er daran gearbeitet, dass niemand außer ihm seine Tools bearbeiten kann. Es geht ihm nur darum, die anderen auszuschließen, damit jeder zu ihm kommen muss, wenn er etwas braucht.

Nachdem Kearra die Zusammenhänge verstanden hat, ist sie wütend. Immer wieder verzögern sich Arbeiten, weil Werner nicht da ist und keiner auf sein Tool zugreifen kann. Alles wieder nur ein Eitelkeitenspiel.

„Werner, entweder du lernst jemanden an oder wir greifen auf eine kommerzielle Software zurück, die jeder bedienen kann!“, fährt sie Werner an.

Werner will gerade zur Debatte ansetzen, als Kearra ihn sofort unterbricht: „Keine Diskussion. Ich habe jetzt keine Zeit mehr. So wird es gemacht!“

„Ich muss hier raus“, denkt sich Kearras Fluchtimpuls und ein Verlangen nach Freiheit taucht in ihr auf, das sie schon lange nicht mehr gespürt hat.

Sie holt sich den Schlüssel zum Besprechungsraum und setzt sich für ein paar Minuten hinein. Sie weiß nicht mehr, wie sie diesen Zirkus ertragen soll. Jeden Tag hier herzukommen und sich am Eitelkeitenspiel beteiligen, diesen Gedanken erträgt sie kaum.

„Wie wäre es mit Urlaub? Du hast dieses Jahr noch kaum einen deiner Urlaubstage verbraucht“, bringt sie ihr neu entdecktes Freiheitsgefühl auf eine Idee.

Kearra ist begeistert. So würde sie Abstand vom Zirkus bekommen und hätte Zeit einen Weg zu finden, wieder damit zurecht zu kommen. Immerhin hatte sie 20 Jahre lang kein Problem damit.

Ein leiser Protest von ihrem Pflichtbewusstsein wird einfach überhört.

Zurück am Schreibtisch schaut sie ihre Termine für die nächsten drei Wochen durch. Nichts allzu Wichtiges. Nichts, bei dem sie nicht jemand vertreten kann.

Bevor sie es sich anders überlegen kann, ruft sie schnell die Sekretärin ihres Chefs Konrad Kapfinger an, um zu fragen, ob er im Haus ist und sie kurz vorbeikommen könnte.

Wie es manchmal so ist, wenn man eine Entscheidung getroffen hat und sich scheinbar alle Türen gleichzeitig öffnen, um den Weg zu ebnen, ist ihr Chef da und hat Zeit. Mit einem Ausdruck ihres Kalenders macht sie sich gleich auf den Weg.

„Hallo Kearra. Was brauchst du?"

„Ich habe gerade meinen Kalender geprüft, um festzustellen, wann ich dieses Jahr meinen Urlaub nehmen kann und dabei ist mir aufgefallen, dass die nächsten drei Wochen dafür am besten wären. Später habe ich wieder wichtige Termine. Also wollte ich schnell mit dir klären, ob ich ab morgen Urlaub nehmen kann."

„Drei Wochen? Das ist ganz schön lang und kurzfristig. Wer vertritt dich denn so lange?“

„Ich dachte an Christian. Der hat mich jetzt schon öfter vertreten.“

„Aber drei Wochen? Und ab morgen?“

„Ist es dir lieber ich nehme alle Urlaubstage mit ins nächste Jahr?“

„Nein, nein, natürlich nicht. Du musst deinen Urlaub auf jeden Fall nehmen. Die nächsten beiden Wochen und die restlichen Tage in dieser Woche. Damit wäre ich einverstanden“, fasst Konrad zusammen. Das schlimmste für ihn sind Urlaubstage, die nicht genommen wurden. Am Ende jeden Jahres hat er Stress mit der Personalabteilung wegen solcher Nichtigkeiten. Als ob es nichts Wichtigeres gibt in seinem Unternehmen, als dass die Leute ihren Urlaub nehmen. Sollten sie doch froh sein, wenn alle so motiviert sind zu arbeiten.

„Das klingt gut.“

Innerlich jubiliert Kearra. Sie hätte nicht gedacht, dass das so einfach geht. Ihr Freiheitsgefühl tanzt auf den Tischen. Ihr Pflichtbewusstsein hingegen versteckt sich unter dem Tisch und hält sich die Augen zu. Am liebsten würde es davon gar nichts mitbekommen.

Den ganzen Tag ist Kearra damit beschäftigt, ihre zweieinhalb wöchige Abwesenheit zu planen. Sie muss Termine verschieben, Stellvertreter bestimmen und Berichte abgeben. Als sie abends das Büro verlässt wird ihr erst wirklich bewusst, dass sie jetzt Urlaub hat. Ohne einen Plan zu haben.

Auf dem Weg zum Auto kommt Panik in ihr auf. Soviel freie Zeit, ohne Pläne! Das treibt ihr in diesem Moment den Angstschweiß ins Gesicht.

Ihre Angst zeichnet düstere Bilder in den Abendhimmel: Sie sitzt allein in ihrem Garten, weiß nichts mit sich anzufangen und die wertvolle Urlaubszeit verstreicht so schnell, dass man sie wie Herbstblätter in einem Fluss vorbeitreiben sieht. Falls sie später im Jahr noch einmal Urlaubstage braucht, um ihrer Tochter in München bei irgendetwas zu helfen, ihren Sohn in den USA zu besuchen oder ihre Eltern in Irland, hat sie nur noch wenige Urlaubstage zur Verfügung. Sie wird todunglücklich sein darüber, dass sie all die Urlaubstage verschwendet hat.

Kearra versucht die Bilder aus ihrem Kopf zu verscheuchen, aber ihre Angst hat noch mehr auf Lager: In der Arbeit geht es drunter und drüber, weil Kearra so überstürzt aufgebrochen ist. Bis sie zurückkommt, sind all ihre so gut überwachten Kennzahlen rot: die Mitarbeiter haben zu kurz oder zu lange gearbeitet. Es ist zu viel oder zu wenig Geld ausgegeben worden. Projekte, für die sie jahrelang gekämpft hat, werden aus unerfindlichen Gründen einfach gestoppt.

Bis Kearra bei ihrem Auto angekommen ist, haben die düsteren Bilder der Angst ihre Arbeit verrichtet und jegliche Urlaubsfreude ist dahin. Sie hat ein flaues Gefühl im Magen und traut sich kaum ins Auto zu steigen. Der Impuls zurückzulaufen und ihre Urlaubspläne zurückzunehmen wird immer stärker. Einzig das Wissen, dass ihr Chef gar nicht mehr in der Firma ist und sie auch ansonsten keine Ansprechperson mehr finden würde, hält sie davon ab, umzukehren.

-15-

Dabei hat Kearra das, was ihr wirklich Sorgen machen sollte noch gar nicht bedacht. Erst als sie die Haustüre zu ihrem geliebten Familienheim öffnet, fällt es ihr ein. Andreas! Sie hat ihren spontanen Urlaub nicht mit ihrem Mann abgesprochen. Sie ist einfach davon ausgegangen, dass er mit von der Partie ist, so wie immer. Was, wenn er keine Zeit hat? Was, wenn er sauer ist auf sie, dass sie nicht vorher mit ihm gesprochen hat?

„Da sehen wir es mal wieder. Das sage ich immer: Planung ist besser als Spontanität“, schaltet sich ihre Vernunft ein.

Kearras Freiheitsgefühl, das heute Morgen aus seiner jahrelangen Versenkung aufgetaucht ist, ruft entsetzt: „Nein! Niemals! Spontanität ist das Beste!“

Kearra ist in ihrer Welt aus düsteren, angstvollen Bildern gefangen und hört ihrem Freiheitsgefühl gar nicht zu. Aus diesem Grund verstummt die innere Konversation auch rasch wieder und Kearra kümmert sich um das Tischdecken.

Als sie gerade damit fertig wird, betritt Andreas das Haus. Er gibt Kearra einen kurzen Begrüßungskuss und setzt sich.

„Mann, habe ich heute einen Hunger mit nach Hause gebracht“, sagt er, bevor er sich seinen Teller randvoll auffüllt. „Heute war so viel los, dass ich keine Zeit hatte Mittag zu essen.“

„Stell dir vor, was unsere Professorenriege heute wieder angestellt hat“, fährt er fort und erzählt Kearra die nächsten zehn Minuten lang von seinem stressigen Tag.

„Du, ähm, ich muss dir auch etwas erzählen“, versucht Kearra ihn zu unterbrechen.

„Warte mal kurz, das muss ich dir auch noch erzählen: wir haben heute beredet, was wir zur Weihnachtsfeier machen wollen. Jetzt rate doch mal.“

„Ja, ähm, kann ich jetzt nicht. Ich wollte dir doch gerade etwas erzählen.“

„Nein, rate doch mal, bitte.“

„Ihr geht zum Schlittschuhfahren!“

Andreas schaut seine Frau irritiert an. Hält sie ihn und seine Kollegen für kleine Mädchen?

„Nein, natürlich nicht. Das ganze Institut fährt in den Spreewald, dort gehen wir erst Rodeln, dann trinken wir Glühwein und dann machen wir eine Nachtwanderung mit Fackeln zu einem Hotel, in dem wir Essen und danach übernachten. Toll, oder?“

Er schaut Kearra an wie ein kleiner Junge, der zum ersten Mal Schlittenfahren geht.

Kearra ist ehrlich erstaunt, weil die Feiern im Institut ihres Mannes bisher eher bescheiden ausgefallen sind. Fast vergisst sie ihr Urlaubsproblem durch die Überraschung.

„Wie kommt's, dass ihr dieses Jahr etwas so Tolles plant?“

„Unser Institutsleiter war auf einem Seminar zum Thema Teambuilding und das ist dabei herausgekommen.“

„Echt toll. Da sollten wir unsere Geschäftsführung auch mal hinschicken.“

„So, aber jetzt erzähl mal, was du mir sagen wolltest.“

Kearra erinnert sich sofort wieder an ihre Angst. Mit trockenem Mund räuspert sie sich und beschließt zunächst einmal etwas zu trinken. Woraufhin sie sich gleich mal verschluckt.

Andreas schaut seine Frau verwundert an, sie macht fast den Eindruck als wäre sie nervös. Jetzt wird er ungeduldig und kann es kaum abwarten, dass sie sich von ihrem Hustenanfall erholt hat. Was will sie ihm nur sagen? Etwas Schlimmes? Hat sie irgendetwas angestellt?

Kearra kommt langsam wieder zu Atem und sie überlegt, wie sie nur anfangen soll.

„Ich war die letzten Tage irgendwie sehr genervt von der Arbeit“, fängt sie schließlich an.

„Das ist doch jeder mal.“

„Mir ist auf einmal aufgefallen, was für ein Zirkus der Eitelkeiten in meinem Arbeitsumfeld herrscht und das hat mich sehr frustriert.“

„Was soll das denn sein: Zirkus der Eitelkeiten?“

„Naja, es geht in den meisten Gesprächen nur darum, dass jeder seine Eitelkeiten befriedigt.“

„Wie meinst du das?“, fragt Andreas nach.

„Hm, ja, meistens geht es doch nur darum, wer Recht hat und wer nicht und keiner möchte von seinem Standpunkt abweichen.“

Andreas fühlt sich angegriffen, weiß aber nicht warum. Das was Kearra da sagt, regt ihn richtiggehend auf. Es weiß doch jeder, dass genau das gefragt ist von einer Arbeitskraft ab einer gewissen Position. Man muss eben lernen sich durchzusetzen. Er dachte eigentlich, dass seine Frau das gut kann, sonst hätte sie es mit ihrer Karriere doch nicht so weit gebracht.

„Das ist doch nichts Schlimmes. So ist es nun mal in der Arbeitswelt. Das weiß ich und ich dachte, das weißt du auch.“

Kearra versteht nicht, warum Andreas Ton so angesäuert klingt. Sie versucht sich weiter zu erklären: „Ich finde es ja nur schlimm, wenn dadurch das, worum es geht, nämlich die Projekte, die Entwicklungen und die Firmenziele in Vergessenheit geraten."

„Trotzdem kannst du das nicht einfach plötzlich als Zirkus bezeichnen."

„Es ist aber ein Zirkus. Es ist nervtötend ständig nur darüber zu diskutieren, wer Recht hat und wer nicht", Kearra wird langsam ungeduldig. Normalerweise versteht sie ihr Mann besser. Sie fragt sich, warum es bei diesem Thema plötzlich so schwer für ihn ist, sie zu verstehen.

„Er steckt selbst mittendrin im Zirkus", antwortet ihre Vernunft, mal wieder mit einem produktiven Vorschlag. In den letzten Tagen war Kearra eher schlecht auf ihre Vernunft zu sprechen. Ständig wollte sie ihr mit irgendetwas dazwischen funken. Aber hier hat sie vermutlich den Nagel auf den Kopf getroffen.

Kearra überlegt, wie sie diese Erkenntnis nutzen kann. Die Fähigkeit, Hintergründe zu dem Verhalten von Personen zu entlarven und darauf einzugehen, hat ihr schon oft weitergeholfen. Wahrscheinlich wäre sie ohne dieses Talent auch in ihrem Beruf nicht so weit gekommen.

„Aber genau das ist ja eben der Punkt, dass ich das weiß und es mich trotzdem plötzlich nervt", erklärt Kearra weiter. „Ich weiß auch nicht, warum. Dieses Genervt-Sein hat mich in den letzten Tagen so von meiner Arbeit abgehalten, dass ich etwas dagegen tun muss, bevor andere merken, dass meine Leistungen nachlassen."

Kearra ist sich sicher, dass dieses Argument bei ihrem Mann zieht, denn er ist immer darauf bedacht, die bestmögliche Leistung zu bringen.

„Heute Morgen habe ich mir dann gedacht, dass ich unbedingt Abstand brauche. Ein bisschen rauskommen muss aus dem Arbeitstrott. Wir haben ja dieses Jahr keinen großen Urlaub gemacht und alle unsere freien Tage sind dafür draufgegangen unseren Kindern bei ihren Reise- und Umzugsplänen zu helfen. Darum habe ich mir heute überlegt, dass ich Urlaub brauche."

„Wir können aber nicht so kurzfristig Urlaub machen. Wir haben ja gar nichts geplant", geht Andreas darauf ein. Er findet es zwar immer noch blöd, dass Kearra ihren Arbeitsalltag als Zirkus bezeichnet, aber er kann schon verstehen, dass man ab und zu einmal Abstand braucht. Jetzt im Moment ist es trotzdem nicht möglich. Nächsten Monat steht eine wichtige Tagung bevor. Da will er nicht über Urlaub nachdenken.

Kearras Herz sinkt ihr in die Hose. Andreas hat zwar offensichtlich verstanden, dass sie Abstand braucht, denn darauf ist er nicht weiter herumgeritten. Sie kennt ihren Mann gut genug und weiß, dass er die vorherige Diskussion nicht einfach beenden würde, wenn er nicht mit ihrer Argumentation einverstanden gewesen wäre. Aber seine Antwort trifft genau die Befürchtungen, die sie beim Decken des Tisches hatte. Andreas kann und will keinen Urlaub nehmen. Wie soll sie ihm nur sagen, dass sie bereits Urlaub beantragt hat und auch noch ab heute?

„Raus damit, wenn du es ihm nicht sagst, wird es nur schlimmer“, motiviert sie ihr Mut. Kearra denkt sehr oft, sie hätte den Kontakt zu ihrem Mut verloren und dann taucht er in den komischsten Situationen plötzlich wieder auf.

„Ich habe heute Morgen ganz spontan Urlaub beantragt.“

„Du hast was?“

„Naja, ich war so genervt, wollte raus und plötzlich ging alles ganz einfach. Ich wollte dich nicht ausschließen. Ich habe gar nicht an dich gedacht.“

Kearra fällt auf, was sie da gesagt hat und verhaspelt sich fast bei den Erklärungen, die sie nachschickt.

„Ich meine, ich habe nicht nicht an dich gedacht. Es ist mir einfach nicht eingefallen, dass du nicht gleichzeitig Urlaub beantragst, so wie wir das immer machen.“

„Wie, dir ist es nicht eingefallen? Ich kann und werde aber jetzt keinen Urlaub nehmen. Ich lass mir doch meine Chance nicht entgehen auf der Tagung nächsten Monat meine neuesten Forschungsergebnisse zu präsentieren. Die Tagung ist nur einmal im Jahr, das weißt du, und alle namhaften Wissenschaftler kommen.“

Andreas ist echt sauer auf seine Frau. Warum macht sie solche Alleingänge und bezieht ihn nicht mit ein? Will sie ihre beiden Karrieren ruinieren?

„Es ist bestimmt nicht zu spät“, fährt Andreas fort. „Du kannst am Montag deinen Urlaub zurückziehen.“

„Das will ich aber gar nicht.“

Jetzt wird Kearra auch sauer. Das mit der blöden Tagung ist doch eine Ausrede. Er hat doch bestimmt seinen Vortrag schon längst fertig. Außerdem ist er jedes Jahr dort.

Angespanntes Schweigen liegt in der Luft. Beide wissen, dass der nächste Ton wohl beim anderen zur Explosion führt, aber wie so oft haben Andreas und Kearra keine Lust zu streiten. Beide wollen schauen, ob sich der drohende Streit von selbst auflöst, wenn sie nichts mehr sagen.

Aber wie immer lässt sich ein drohender Streit nicht durch Schweigen besänftigen und so kommt es, dass sich die beiden während des Abräumens richtig in die Haare bekommen.

Nicht mehr nur Kearras Urlaub, auch die Aufteilung der Arbeiten im Haushalt und wer beim letzten Streit was gesagt hat, wird zum Thema.

Nachdem sich die Anspannung zwischen ihnen im Streit entladen hat, sitzen sie wieder schweigend da, doch dieses Mal ist es eine erschöpfte, müde Ruhe.

„Und jetzt?“, frägt Kearra.

„Ich möchte wirklich gerade keinen Urlaub nehmen“, sagt Andreas.

„Und ich möchte wirklich meinen Urlaub nicht zurückziehen“, antwortet Kearra.

„Ist es denn so schlimm, wenn du alleine Urlaub hast? Du könntest doch alleine etwas unternehmen.“

„Nein, für mich ist es nicht schlimm. Ich dachte, du möchtest nicht, dass ich alleine etwas unternehme.“

„Aber warum denn? Wenn du Abstand brauchst.“

Kearra fragt sich, warum sie dann die letzten beiden Stunden gestritten haben. Das spricht sie aber lieber nicht aus.

„Ich möchte aber nicht nur zu Hause sitzen und würde gerne eine kleine Reise machen.“

„Okay, dann mach das.“

„Hast du nichts dagegen?“

„Ich finde es schon schade, wenn ich nicht mit kann, aber zusammen schaffen wir es dieses Jahr doch bestimmt nicht mehr wegzufahren. Ich werde erst wieder an Weihnachten Urlaub nehmen. Besuch doch deine Familie in Irland, dann können wir uns das an Weihnachten sparen.“

Irland. Sehnsucht steigt in Kearra hoch. Sehnsucht nach den grünen Wiesen, nach dem torfigen, salzigen Geruch, nach dem Plätschern der Gischt an steinige Felsen.

„Das ist eine gute Idee."

Im nächsten Moment fällt Kearra aber ein, dass sie keine Zeit zum Nachdenken haben wird, wenn sie ihre Familie besucht. Sie fragt sich, ob sie nicht nach Irland fahren kann, ohne ihre Familie zu besuchen. Natürlich möchte sie Niemandes Gefühle verletzen und muss sich eine gute Erklärung überlegen, nicht bei ihren Eltern zu wohnen.

Also kann sie nicht in die Gegend um Galway fahren, denn dort leben ihre Eltern. Bei der Größe, die Irland hat, ist alles, was im Westen der Insel liegt, nahe genug, dass man es in einem Tagesausflug erreichen könnte. Also fällt die westliche Hälfte der Insel aus. Kearra sieht vor ihrem geistigen Auge die Karte der irischen Insel. Es ist als würde ihr Blick auf dieser Karte wie magisch nach Norden gezogen. Dort war sie noch nie. Es hat sie schon immer interessiert, wie es wohl dort aussehen würde. Als sie noch in Irland lebte, war der Konflikt in Nordirland in vollem Gange und niemand wäre auf die Idee gekommen dort hinzufahren. Aber jetzt ist es meist ruhig, außer bei den Demonstrationsmärschen im frühen Sommer.

„Ich könnte durch den Norden von Irland reisen und dann noch ein paar Tage bei meinen Eltern verbringen", schlägt Kearra vor.

„Nordirland, echt? Da gibt es außer zerbombten Mauern doch nichts zu sehen.“

„Du weißt schon, dass der Konflikt seit mehr als zehn Jahren beigelegt ist?“, fragt Kearra ihren Mann belustigt.

„Ja schon, aber muss man dann unbedingt dorthin fahren?“

„Jeder weiß, dass der Norden meines Landes sehr schön sein soll, nur konnte man ihn nie besuchen. Es würde mich echt interessieren.“

Was wohl ihre Eltern dazu sagen werden, fragt sich Kearra. Ist es nur der Abstand, den ich zu meinem Heimatland habe, der in mir den Wunsch den Norden zu sehen, aufkommen lässt? Oder sind auch in Irland die Menschen mittlerweile offener für eine Reise in den Norden des Landes?

REISE

-1-

Das Flugzeug landet auf dem Internationalen Flughafen außerhalb von Belfast an einem großen See, den Kearra beim Landeanflug in seiner ganzen trüben Pracht bewundern konnte. Die Landung war ruppig und schwankend, weil es wie immer ein windiger Tag in Irland ist.

Als Kearra das Flugzeug verlässt, steigt ihr der salzig torfige Geruch, der so typisch für Irland ist, in die Nase und treibt ihr sofort Tränen in die Augen. So sehr sie ihr Leben in Deutschland mit ihrer Familie liebt, vermisst sie Irland, seine Eigenheiten, seine Natur und seinen Geruch.

Sie lässt es zu, dass ihre Gefühle sie übermannen und die Tränen laufen ihr in Strömen übers Gesicht. Es ist so schön wieder hier zu sein.

Als Kearra die überraschenderweise modern eingerichtete Empfangshalle betritt, hat sie sich wieder gefangen. Sie läuft in Richtung Mietwagenverleih. Da sie so spontan aufgebrochen ist, hat sie keine Reservierung. Gestern Abend hat sie noch mit ihrem Mann darüber gestritten, dass sie einfach spontan, ohne ihn Urlaub genommen hat. Später, als sich der Streit gelegt hat, hat sie nach Flügen nach Nordirland gesucht. Der nächste Flug würde Berlin am frühen Nachmittag verlassen. Es gab noch ein günstiges Ticket und kurzentschlossen kaufte Kearra es.

Es fühlt sich gut an, mal wieder so spontan zu sein. Niemand weiß von ihrer Reise – abgesehen von ihrem Mann. Allerdings muss sie sich unbedingt heute noch bei ihren Eltern melden. Denn wenn die bei ihr in Deutschland anrufen und hören, dass sie in Irland ist, ohne sich gemeldet zu haben, dann sind sie zu Recht sauer.

Zunächst muss sie sich aber um einen Mietwagen kümmern. Kearra geht zum erstbesten Mietwagen-Stand.

„Cheerio, wie geht's“, begrüßt die Frau am Stand sie fröhlich.

Wie immer bei einem Irland-Besuch ist Kearra zunächst noch im Deutschland-Modus und überrascht über die fröhliche, offene Art der Menschen. Hinzu kommt heute, dass sie die Nord-Irländer anders eingeschätzt hat. In ihrer Vorstellung waren sie viel ernster und verbitterter.

„Gut. Und Ihnen?“, antwortet Kearra, sich langsam ihrer irischen Mentalität erinnernd.

„Ausgezeichnet. Auf einer Reise durch Nordirland?“

„Ja. Zum ersten Mal. Ich war noch nie hier.“

„Sie werden es lieben. Sie kommen aus Galway, richtig?“

Kearra schmunzelt. Hat sie ihren breiten Galway-Akzent also auch nach den vielen Jahren in Deutschland immer noch nicht verloren.

„Ja, aber momentan lebe ich in Deutschland."

„Wie schön. Dann hat Sie also jetzt die Sehnsucht nach der Heimat wieder gepackt und zu einem Urlaub hierher gebracht."

„Stimmt genau."

Kearra hört das Gemurmel der anderen deutschen Touristen hinter sich, die es noch nicht gewohnt sind, dass in Irland jede kleinste Interaktion mit anderen Menschen zu einer langen Unterhaltung führt. An einer Supermarktkasse mit der Verkäuferin die frühesten Kindheitserlebnisse auszutauschen, ist keine Seltenheit.

„Ich bräuchte einen Mietwagen für die nächsten 14 Tage."

„Kein Problem."

„Aber ich will ihn in Galway zurückgeben."

„Oh, das ist ein kleines Problem. Das ist ja nicht nur ein anderer Rückgabeort, sondern ein komplett anderes Land."

Daran hat Kearra gar nicht mehr gedacht: Nordirland gehört zu England. Hier muss sie auch mit Englischen Pfund zahlen. Das hatte sie in ihrer ganzen Spontanität ganz vergessen. Sie hat noch nicht mal Geld gewechselt, weil für sie klar war: Irland ist Euro-Land.

Betreten schaut sie die Mitarbeiterin der Mietwagenfirma an.

„Und jetzt?“

„Wir haben das schon öfter gehabt. Ein paar Autos unserer Flotte können wir dafür verwenden, aber es kostet einen ordentlichen Aufpreis.“

„Naja, dann zahle ich den Aufpreis. Es steht außer Frage, dass ich meine Eltern in Galway besuche.“

„Warten Sie einen Moment, ich mache alle Formulare fertig.“

Am Parkplatz will Kearra zunächst auf der falschen Autoseite einsteigen. Als sie auf den Beifahrersitz schaut, bricht sie in schallendes Lachen aus. So lange ist sie also schon weg von Irland, dass sie den Linksverkehr vergessen hat. Als sie nach Deutschland kam, ging es ihr auch ständig so. Sie hatte damals als Studentin noch keinen Führerschein, aber ihre Freunde haben ständig darüber gelacht, dass sie auf der Fahrerseite eingestiegen ist. Sie haben ihr den Schlüssel unter die Nase gehalten und gefragt, ob sie fahren möchte. Ihr verdutztes Gesicht hat zu mancherlei Lachsalven geführt.

Kearra geht um das Auto herum und setzt sich auf den richtigen Fahrersitz. Sie hat schon wieder Tränen in den Augen. Es sind solche Kleinigkeiten, wie auf der richtigen Autoseite einzusteigen, die sie in Deutschland wirklich vermisst. Damals als sie nach Deutschland gegangen ist, um dort ihr

Physik-Studium fortzusetzen, hat sie nicht gedacht, dass sie so lange dort bleibt.

Sie hat schon in Galway Physik studiert, wollte aber einen höheren Abschluss als den dort angebotenen Bachelor. Natürlich hätte sie auch hier im Land einen Masterstudiengang anfangen können. Aber sie war während ihres Studiums ganz fasziniert davon, wie viele bedeutende Physiker aus Deutschland stammen. Sie hat sich gedacht, dass irgendwas dran sein muss, an diesem Deutschland und den Universitäten dort. Also hat sie Deutschkurse besucht und sich dann, als sie ihren Bachelor in der Tasche hatte, an verschiedenen Universitäten beworben. In Hamburg ist sie schließlich angenommen worden.

Kearra bereut nichts davon. Immerhin hat sie dort ihren Mann Andreas kennengelernt. Der ihr im ersten Semester viel geholfen hat mit der fremden Sprache. Nur, jetzt, da sie wieder irischen Boden unter den Füßen hat, wird sie wehmütig.

Bevor sie den Schlüssel im Zündschloss herumdreht, versucht sie sich mit den Funktionen des Mietwagens vertraut zu machen, stellt aber fest, dass dieses für einen Mietwagen relativ alte Auto keine zusätzlichen Funktionen hat. Umso besser, denkt sie sich, in Irland braucht man kein modernes Auto.

-2-

Sie breitet eine Irlandkarte, die sie vom Mietwagenanbieter bekommen hat, vor sich aus. Wohin denn jetzt? Sie hatte ja keine Zeit mehr irgendetwas zu buchen oder sich zu überlegen, was sie sehen möchte.

Zunächst mal Belfast, denkt sie sich, wenn sie schon direkt vor den Toren der Stadt steht. Ein mulmiges Gefühl hat sie schon dabei. Die Bilder, die sie von der Stadt kennt, sind keine guten. Sie kennt von Belfast nur Bilder von Krawallen, Autobomben und von mit Maschinengewehren bewaffneten Menschen. Sie versucht sich zu beruhigen, indem sie sich bewusst macht, dass die Aufstände, Troubles, wie die Iren sagen, nun schon mehr als 15 Jahre zurückliegen. Außerdem hat ihre Freundin Abigail ihr vor zwei Jahren eine Postkarte aus der Stadt geschickt, auf der stand, dass sie ein sehr schönes verlängertes Wochenende in Belfast verbracht hat.

Der Beschilderung folgend, kommt sie schon nach kurzer Zeit auf den Motorway, eine mehrspurige Autobahn, die sie zunächst bergab und dann am Ufer des Meeres entlang in die Stadt führt. Sie folgt einfach der Beschilderung zum City Center und kommt schließlich auf einer breiten städtischen Straße an, die an einem Einkaufszentrum, dann an einem wunderschönen alten Theatergebäude und schließlich an einem großen Hotel vorbeiführt. Kurzentschlossen hält Kearra vor dem Hotel an. Heute Nacht wird sie sich ein Hotel gönnen. Es würde zu kompliziert werden, in einer großen Stadt nach einem Bed & Breakfast zu suchen.

Sie checkt ein und bezieht ihr Zimmer in einem der oberen Stockwerke des Hochhauses. Als sie aus dem Fenster blickt, stellt sie überrascht fest, dass Belfast sehr idyllisch liegt, umgeben von Bergen am Ende einer langen Meeresbucht. Dort, wo das Meer beginnt, sieht sie die großen Kräne der berühmten Belfaster Werft, in der die Titanic gebaut wurde.

Alles sieht so einladend aus, dass sie sofort auf Erkundungstour gehen möchte. Doch dann setzt sie sich in den Lehnsessel vor dem Fenster. Ihr fällt plötzlich ein, dass sie allein hier ist. Sie kann sich nicht erinnern, wann sie das letzte Mal wirklich allein einen Urlaub oder auch nur einen Ausflug gemacht hat. Mit wem soll sie denn über all das hier Erlebte sprechen? Warum nur wollte sie auf einmal allein wegfahren?

„Um dem Zirkus der Eitelkeiten zu entkommen“, wirft ihre Vernunft ein.

„Als ob es da etwas bringen würde nach Irland zu fahren“, beginnt sich ihr Zweifel zu regen. „Hier kannst du schöne Landschaften und Heimatgefühl erleben, aber doch nichts darüber erfahren, wie du mit dem Zirkus in deiner Arbeit zurechtkommen kannst.“

„Aber es ist trotzdem schön wieder hier zu sein und irische Luft zu schnuppern“, wirft ihre Heimatliebe ein.

Auch ihr Pflichtbewusstsein mischt mit: „Und dafür hast du jetzt alles in der Arbeit stehen und liegengelassen?“

Doch Irland weckt auch ihre Intuition wieder auf: „Es ist genau richtig hier zu sein.“

Kearra begrüßt ihre Intuition überrascht. Erst kann sie dieses Gefühl des klaren Wissens, das in ihrem Bauch steckt, nicht so recht zuordnen. Lange schon hat sie es nicht mehr gespürt.

Bevor ihr Zweifel das großartige Gefühl wieder zerstören kann, schaltet Kearra ihren Laptop ein, verbindet sich mit dem WLAN und führt übers Internet alle Anrufe, die ihr das Verantwortungsbewusstsein diktiert.

Als erstes ruft sie ihre Eltern an.

„Hallo Mama. Ich habe Neuigkeiten. Ich habe ganz kurzfristig Urlaub bekommen und will ihn in Irland verbringen.“

„Oh wie schön!“, Kearras Mutter lässt sie gar nicht aussprechen, sondern fällt ihr, ganz im irischen Stil, einfach ins Wort. „Du warst ja das ganze Jahr noch nicht hier. Dann kannst du endlich die neue Gartenlaube anschauen, die dein Vater gemacht hat. Da fällt mir ein, ein Besuch jetzt, passt ja sehr gut. Onkel Pat ist gerade hier. Dann kannst du ihn auch mal wiedersehen, bevor er wieder zu seiner Arbeit auf der Ölbohrinsel verschwindet. So lange ist er immer fort. Aber, naja, du bist ja auch nie da.“

„Mama, vergleichst du das Leben in Deutschland gerade mit dem auf einer Ölbohrinsel?“, ruft Kearra entsetzt.

„Nein, natürlich nicht. Ich freue mich einfach, dass du kommst und Onkel Pat treffen wirst. Das ist alles. Wann bist du da? Ich muss dein Zimmer erst wieder frei räumen. Ich habe doch angefangen zu nähen. Das liegt jetzt alles noch dort herum.“

„Mama, mach mal ne Pause, dann kann ich dir auch erzählen, wann ich komme“, versucht Kearra den Redeschwall ihrer Mutter zu unterbrechen. „Ich bin schon in Irland. Um genau zu sein in Nordirland. Ich werde hier zehn Tage herumreisen und dann zu Euch kommen.“

„Was willst du denn in Nordirland? Ich habe ja gehört, dass viele dort jetzt Urlaub machen, aber ich weiß ja nicht. Fahr bloß nicht nach Belfast.“

„Mama, ich bin schon in Belfast und es ist überhaupt nicht schlimm. Ich habe einfach eine Pause von meiner Arbeit gebraucht und dachte mir, dass ich gerne auf eine Reise gehen würde. Da ich im Norden unseres Landes noch nie war, wollte ich hier anfangen.“

„Aber Kind, du hättest doch auch einfach zu uns kommen können.“

„Mama, ich wollte einfach Reisen, herumkommen, etwas Neues sehen. Ich habe noch genügend Zeit bei Euch, wenn ich dann am Ende meiner Reise zu Euch komme.“

„Okay, aber pass bloß auf dich auf und wenn es dir langweilig wird allein herumzureisen, dann komm einfach schon früher zu uns.“

„Danke Mama, aber ich freue mich wirklich auf das Herumreisen und natürlich passe ich auf mich auf. Bis nächste Woche dann.“

Das Telefonat mit ihrer Tochter in München und ihrem Sohn in den USA verlief deutlich einfacher. Ihre Kinder fragten gar nicht nach, was ihre Mutter in Nordirland will. Sie akzeptierten ihre Reise einfach und beantworteten dann alle Fragen von Kearra, die genau wie ihre eigene Mutter immer genau wissen möchte, was ihre Kinder gerade machen.

Ihrem Mann schickt sie nur eine SMS, weil sie weiß, dass er noch lange in der Arbeit sein wird.

Als all das erledigt ist, steht sie vor dem Nichts dieses späten Nachmittags. Sie hat nichts zu tun, nichts geplant, nichts zu organisieren, niemanden, für den sie sorgen muss. Auf leisen Sohlen beginnt sich ihre Angst wieder einzuschleichen.

Um zu verhindern, dass die Angst sich vollends breit macht, packt sie schnell ihre Tasche und verlässt das Zimmer. In der Lobby nimmt sie sich vom Empfangstisch einen kostenlosen kleinen Cityguide der Touristeninformation mit und verlässt das Hotel. Sie geht auf einen langen Spaziergang durch die Stadt. Verwundert, wie schön und modern alles ist, sieht sie sich um. Sie betrachtet moderne Einkaufszentren, aber auch historische Gebäude, wie das alte Rathaus oder einen schiefen, altersschwachen Turm mit einer großen Uhr. Das hat sie in der Arbeiter- und Krawall-Stadt Belfast gar nicht vermutet. Sie hätte eher rote Backsteinhäuser und die berühmten Wandmalereien, die bei den Iren Murals heißen, erwartet. Murals sind der ausgedrückte Protest oder die Propaganda von den verfeindeten Irland-treuen und England-treuen Parteien. Irgendwo in der Stadt muss es sie noch geben, denn sie hat sie auf einigen Fotos gesehen und sie würde sie gerne noch entdecken. Aber für diesen Tag reicht es ihr an Sightseeing. Es schwirren schon so viele neue Eindrücke in ihrem Kopf herum. Sie hat keinen Platz mehr für neue.

Sie erinnert sich, einen typischen irischen Pub gegenüber von ihrem Hotel gesehen zu haben. Genau das braucht sie jetzt, etwas vom schlechten irischen Essen und ein Guinness. Sie betritt das Robinson's, das im vorderen Teil ein Restaurant betreibt und, durch eine Türe abgetrennt, im hinteren Bereich einen Pub.

Nachdem sie besser als erwartet gegessen hat, hört Kearra, wie im Pub hinten irische Volksmusik gespielt wird. Interessiert nimmt sie sich ihr Guinness mit in den rückwärtigen Raum. Früher, in ihrer Jugend in Galway, sind sie und ihre Freundinnen immer vor dieser traditionellen Musik geflohen, aber gerade wirkt es so einladend und sie hat Lust mal wieder ausgelassen zu sein.

„Moment mal! Ausgelassen sein?“, ihr Pflichtbewusstsein schlägt fast einen Purzelbaum, so groß ist seine Ablehnung. Auch ihr Statusgefühl und ihre Zurückhaltung stimmen in den Protest mit ein. Das Problem ist nur, dass die Geige, die Ziehharmonika, die Gitarre und der laute Gesang alles übertönen, sogar Kearras Gedankenwelt. Es zählt nur noch das Guinness, der Rhythmus und die mitreißende Stimmung um sie herum.

Als der Pub um ein Uhr morgens schließt, ist Kearra so ausgelassen und fröhlich wie schon lange nicht mehr. Sie hat getanzt, bis die Musik geendet hat und hätte noch ewig so weitermachen können. Diese Stimmung nimmt sie mit über die Straße, durch die Hotellobby, in den Aufzug und selbst bis ins Bett.

-3-

Kearra trägt diese Fröhlichkeit in die kommenden Tage hinein. Aber nicht nur ihre eigene, sondern auch die Fröhlichkeit, Quirligkeit und Lebendigkeit der Bewohner dieser Stadt ist sehr deutlich an allen Ecken zu spüren. Diese Stimmung tut ihr so gut. Sie saugt sie auf wie ein Lebenselexier.

Dennoch ist sie überrascht, dass die Belfaster, all der dunklen Vergangenheit zum Trotz, so unbeschwert wirken. Kearra beschließt mehr darüber zu erfahren. In der Belfaster Touristeninformation, die eingebettet zwischen großen Einkaufszentren liegt, findet sie heraus, dass es politische Stadtrundfahrten in Black Caps, den traditionellen Taxis, gibt und beschließt eines zu buchen.

In einer kleinen Telefonkabine im Erdgeschoß des Gebäudes wählt sie die Nummer auf einem Flyer und ruft sich ein Black Cap, welches nur zehn Minuten später vor der Türe auf sie wartet. Ein grauhaariger, rundbäuchiger Mann öffnet ihr die Türe und stellt sich als Sean vor. Er ist sehr légère gekleidet und zieht eines seiner Beine leicht hinter sich her. Die Falten in seinem Gesicht erzählen von harten Zeiten, aber darüber liegt ein alles überstrahlendes Lächeln.

„Wie geht es Ihnen? Sind Sie zu Besuch in Belfast?“, startet er sofort in typisch irischer Manier eine Konversation, die meistens schnell mehr wird als simpler Small-Talk.

„Ja, ich mache eine Reise durch Nordirland und beginne sie hier“, antwortet Kearra.

„Das ist großartig. Kommen Sie aus Irland? Sie haben so einen irischen Akzent.“

„Ja, ich komme aus Galway, lebe aber in Deutschland.“

Sie unterhalten sich noch ein wenig über dies und das, während Sean wieder ins Taxi steigt und langsam seine Fahrt beginnt. Sie fahren durch den alten Stadtkern, den Kearra schon zu Fuß erkundet hat.

„Hier haben überall Grenzposten gestanden, die dafür gesorgt haben, dass die Nachtruhe eingehalten wurde. Und sehen Sie dort drüben ging eine große Autobombe hoch, die 10 Menschenleben gefordert hat.“

Kearra wird etwas mulmig zu Mute. Gestern dachte sie, wie schön dieser Stadtkern ist. Ganz unbeschwert ist sie durch die Straßen gelaufen und jetzt sieht sie alles in einem neuen Licht.

„Bei den Krawallen wurden viele Häuser zerstört. Was nicht zu retten war, hat man ersetzt. Unser großes Einkaufszentrum, in deren Nähe ich Sie abgeholt habe, wurde an so eine Stelle gebaut. In den letzten fünf Jahren hat sich die Stadt echt herausgeputzt und man kann kaum noch etwas von den Troubles sehen. Zumindest in der Stadtmitte nicht."

„Mir kommt es so vor, als wäre hier überall Fröhlichkeit und Ausgelassenheit. Damit habe ich nicht gerechnet, als ich plante ein paar Tage in Belfast zu verbringen. Sind das alles Touristen?", fragt Kearra.

„Nein, nein, wo denken Sie hin. Die Touristen erkennen Sie daran, dass sie mit düsterer Miene und ernsthafter Stimmung durch die Straßen laufen. Sie buchen alle Touren wie diese, um sich mit der dunklen Geschichte auseinanderzusetzen. Sie ziehen mich mit ihrer Ernsthaftigkeit und ihrem Mitleid jedes Mal herunter. Bin ich froh, mal wieder eine Irin mit auf meiner Tour zu haben. Sie können gar nicht so ernsthaft sein, Ihnen wurde die Fröhlichkeit und Unbeschwertheit mit in die Wiege gelegt."

Kearra zweifelt sogleich an seinen Worten. Von angeborener Unbeschwertheit und Fröhlichkeit hat sie schon lange nichts mehr gespürt.

„Das ist auch kein Wunder, denn du hast Verantwortung, als Mutter, Ehefrau und Managerin. Alles Positionen, die keine dieser Eigenschaften brauchen“, fällt ihr ihr Pflichtbewusstsein in die Gedanken.

„Genau“, antwortet die Ernsthaftigkeit.

Kearra wird ein wenig niedergeschlagen, denn sie erinnert sich langsam an früher, an ihre Schul- und Studienzeit. Da war sie wirklich fröhlicher und hat alles nicht so ernst genommen.

„Ohje, jetzt haben Sie auch so eine ernsthafte Miene aufgelegt. Sie sind wohl schon lange weg aus Irland?“, unterbricht Sean ihre Gedanken.

Kearra lacht und fühlt sich ertappt.

„Bin ich wirklich und habe mir gerade gedacht, dass ich tatsächlich viel von meiner sorglosen Art über die Jahre verloren habe.“

„Wie gut, dass Sie nach Belfast gekommen sind, bleiben Sie ruhig ein paar Tage. Diese Flausen treiben wir Ihnen schon aus. Aber jetzt setzen Sie ihr nachdenkliches Gesicht wieder auf, weil wir kommen jetzt zur Peace-Line.“

„Die Mauern, die die britische Regierung nach den schlimmsten Unruhen Ende der 60`iger Jahre errichten ließ?“

„Genau.“

„Die stehen immer noch? Ich dachte, die wären schon längst demontiert?“

„Nein, das wird auch noch länger dauern. Die meisten Belfaster wollen gar nicht, dass sie so schnell abgebaut werden."

Beklommen schaut Kearra auf die hohe Wand aus Stein und Stacheldraht. Die Straße, auf der sie stehen, ist flankiert von schweren Eisentoren, die jetzt offen stehen. Wenn sie geschlossen sind, wird die Straße unpassierbar. Kearra hat natürlich in Berlin die Reste der Mauer besichtigt, aber diese hier wirkt noch wesentlich beklemmender. Wahrscheinlich, weil sie den Eindruck vermittelt, als gäbe es noch immer etwas zu bewachen. Die Tore, die sehr danach aussehen, als könnten sie sofort geschlossen werden, unterstützen den Eindruck.

„Können die Tore immer noch geschlossen werden?"

„Aber natürlich, jede Nacht."

„Was wirklich? Sie werden noch jede Nacht geschlossen?", Kearra ist entsetzt und bekommt ein mulmiges Gefühl dabei an dieser Stelle zu stehen.

Sie lässt ihren Blick zu den umliegenden, winzig kleinen Reihenhäusern wandern, deren Hinterhöfe betoniert und noch dazu mit großen stählernen Gittern überspannt sind. Sie kann kaum sprechen in Anbetracht der Trostlosigkeit, die von diesen Häusern ausgeht.

Sean folgt ihrem Blick.

„Nachdem die Peace-Lines gebaut wurden, konnten die Anwohner diese Käfige von der Regierung bekommen. Sie verhindern, dass Wurfgeschosse von der anderen Seite, ihren Hinterhof zerstören.

„Ich stelle es mir schrecklich vor so zu wohnen.“

„Die Häuser sind sogar sehr beliebt, vor allem bei Familien denen hart mitgespielt wurde, während der Troubles. Es ist sicher hier zu leben, verstehen Sie. Den Bewohnern direkt an den Peace-Lines ist ganz selten etwas passiert. Die Troubles haben sich nach deren Erbauung an andere Stellen verlagert.“

Kearra schaut sich um und möchte am liebsten sofort wegrennen aus dieser Stadt. Im Schatten dieser Mauer denkt sie nur daran, dass demnächst irgendwo eine Bombe explodieren könnte.

„Kommen Sie, wir fahren weiter“, unterbricht Sean ihre düsteren Gedanken und dreht das Auto um. Er fährt weiter in die Richtung, aus der sie gekommen sind.

„Warum sind wir nicht weiter die Straße entlang gefahren?“, fragt Kearra irritiert.

„Ach wissen Sie, auf der anderen Seite ist das Protestantische Viertel und man weiß ja nie. Dort weiß jeder, dass wir Fahrer der Black Caps aus den katholischen Lagern stammen.“

Kearra starrt ihn entsetzt an.

„Schauen Sie nicht so“, sagt Sean lachend. „Wir sind daran gewöhnt und es wird immer besser. Unsere Kinder gehen zusammen auf die Universitäten und teilweise sogar Schulen. Die nächste Generation wächst schon sehr viel offener auf. Aber in uns älteren Menschen stecken die alten Vorurteile meist noch tief drinnen.“

Sean fährt das Taxi langsam einen Berg hoch, an dessen Rand bunt bemalte Häuser stehen. Auf den ersten Blick wirken die Bilder mit ihren Farben fröhlich, aber wenn man genauer hinsieht, erkennt man in jedem von ihm Waffen und die Texte, die über oder unter den Bildern stehen, zeugen meist von Hass und Ablehnung. Zwischendrin sind auch Bilder und Texte von Frieden und Toleranz dabei.

„Die Murals sind seit Jahren unsere Form des gewaltfreien Protests“, erklärt Sean.

Kearra zweifelt, ob es wirklich gewaltfrei ist, Waffen zu zeichnen. Aber sie weiß auch, dass diese Bilder sicherlich ein besserer Weg sind, als eine Waffe zu benutzen.

„Auch die Murals verändern sich. Neu hinzukommende Wandbilder sprechen eher Protest gegen Ungerechtigkeiten auf der gesamten Welt aus, als nur unseren Konflikt. Ich zeige Ihnen, was ich meine“, kündigt Sean an und fährt mit Kearra weiter. Sie verlassen die bergige Stadtrandregion und fahren wieder Richtung Innenstadt.

Sean hält vor einer bunt bemalten Wand. Es ist eine lange Wand mit vielen verschiedenen Motiven.

Eines der Bilder zeigt Nelson Mandela, ein anderes zeigt eine berühmte Sportmannschaft. Kaum eines handelt vom Irland-Konflikt.

„Sie sehen, die Stadt wandelt sich und das ist auch gut so."

Vor den Murals stehen viele Touristen und lassen sich mit den Bildern fotografieren. Ein ganzer Touristenbus hält davor an.

Sean lacht Kearra an: „Das ganze wird zur perfekten Geldmaschine. Die Touristen kommen, wollen etwas von den Troubles sehen, damit sie betroffen sein können und danach noch ein paar bunte Bilder mit nach Hause nehmen."

„Und das macht Ihnen nichts aus?", fragt Kearra.

„Ach woher denn. Ich bin froh darüber. Ich verdiene mein Geld damit und mit den Touristen kommt auch wieder Leben in die Stadt. Sie haben ja gemerkt, dass in der Innenstadt Pubs, Restaurants, sogar Cafés florieren. Wir sind doch auch froh, dass wir endlich wieder ausgehen können. Ohne Touristen hätte das wahrscheinlich länger gedauert."

Langsam fällt die beklemmende Stimmung von Kearra wieder ab, vor allem durch Seans fröhliches Erzählen.

„Wo kann ich Sie denn jetzt hinbringen?", fragt Sean Kearra.

„Ich schlafe im Europa Hotel."

„Wissen Sie, dass dieses Hotel, das am meisten zerbombte der ganzen Welt ist?“

Kearra schaut ihn wieder entsetzt an und Sean beginnt zu lachen.

„Ja, das stimmt wirklich, aber mittlerweile schlafen dort auch alle hohen Besuche. Sogar Bill Clinton hat dort mal übernachtet. Also machen Sie sich keine Sorgen.“

„Wissen Sie was, ich mache jetzt Feierabend. Wollen Sie noch ein Guinness mit mir trinken gehen?“, fragt Sean fröhlich.

Ihre in Deutschland gelernte Zurückhaltung will sie davon abhalten. Aber ihr irischer Charakter, der immer mehr wieder hervorkommt, kann zu einem Pubbesuch nicht Nein sagen.

„Sehr gerne, Sean“, antwortet Kearra.

„Wissen Sie, meine Frau ist für zwei Tage mit ihrem Club weggefahren und wenn ich jetzt heimkomme, ist das Haus ganz leer“, erzählt ihr Sean.

„Na dann müssen wir jetzt unbedingt ein Guinness trinken gehen.“

Sean fährt mit Kearra in die Innenstadt und stellt sein Taxi bei seiner Zentrale ab. Gemeinsam gehen sie in die Richtung ihres Hotels und in „The Crowns Liquor Club“, der direkt neben dem Robinsons liegt, in dem sie den gestrigen Abend verbracht hat. Der Pub ist wunderschön. Die Außenfassade mit sehr vielen Ornamenten verziert, die sich im Inneren fortsetzen. Bunt bemalte Fließen am Boden, eine mit Schnitzereien verzierte Theke und verschließbare, mit Leder bezogene Kabinen, um darin zu sitzen, machen die Bar aus. Sean erzählt Kearra, dass dieser Viktorianische Pub das Highlight von Belfast ist.

Sie setzen sich an die Bar und warten die sieben Minuten ab, die es dauert, ein gutes Guinness zu zapfen, bevor sie ihren ersten Schluck trinken können.

„Erzählen Sie doch etwas über sich“, bittet Sean Kearra. „Warum sind Sie allein hier in Belfast?“

„Hm, ich musste einfach mal raus aus meinem Alltag und habe beschlossen eine kleine Reise nach Nordirland zu machen. Ich kenne nur den Westen und den Süden von Irland.“

„Was ist denn Ihr Alltag?“, fragt Sean.

Kearra erzählt ihm verlegen von ihrer Arbeit. Ihre Probleme in der Arbeit erscheinen ihr plötzlich so klein neben dem, was sie nachmittags in Belfast gesehen hat.

„Es klingt fast so, als hätten Sie die Freude an Ihrer Arbeit verloren. Gut, dass Sie nach Nordirland gekommen sind. Hier können Sie etwas von uns lernen“, reagiert Sean auf ihre Erzählungen.

Doch nach dem ersten Glas Guinness sind alle Sorgen, nordirische oder deutsche, längst vergessen. Es gesellen sich noch ein paar ältere Männer zu Ihnen, die Sean kennen und eine ausgelassene Stimmung breitet sich aus.

Limericks und Witze werden erzählt, Anekdoten über Sportvereine, Philosophien über die beste Art Guinness zu trinken werden ausgetauscht. Bevor Kearra sich versieht, kündigt die vom Barkeeper betätigte Glocke schon die letzte Runde an. Kearra ordert für die gesamte Runde einen nordirischen Whiskey, um sich so für den lustigen Abend zu bedanken.

Gut angetrunken schwankt sie über die Straße in ihr Hotel. In Deutschland hätte Sie sich Sorgen gemacht, ob das Personal ihr alkoholbedingtes Schwanken sieht, aber hier ist Irland. Da würde sie wahrscheinlich nüchtern komisch angeschaut werden. Und wirklich der Nachtportier nickt ihr belustigt zu und fragt, ob sie Hilfe braucht.

„Nein, hicks, ich komme schon zurecht“, antwortet sie und stolpert in den Aufzug, der sie schnurstracks zum Stockwerk ihres Zimmers bringt.

-4-

Nach einigen Tagen der Ausgelassenheit in Belfast macht sich Kearra schließlich auf den Weg in die Mourne Mountains im Süden der Stadt. Sie hat das quirlige Stadtleben genossen, aber jetzt freut sie sich auf ein paar ruhige Tage in der Natur.

Der Großteil der Strecke von Belfast nach Newcastle, einer Kleinstadt am Rande der Mournes, führt sie durch eine grüne Landschaft voller Felder. Die vereinzelten Bäume sind über und über bewachsen mit Misteln. Erst kurz vor Newcastle führt sie die Straße wieder zurück an die Küste. Hoch ragen die Berge hinter der Kleinstadt auf.

Sie sucht sich ein nettes kleines Bed & Breakfast und verbringt den ersten Tag mit einem langen Spaziergang entlang der Küste. Newcastle ist ein typischer Badeort mit einer langen Strandpromenade.

Kearra wollte vor allem deshalb in die Mourne Mountains, weil sie mal wieder auf einen Berg steigen möchte. Sie liebt es auf einem Gipfel zu stehen und die Welt unter sich zu betrachten. Sie hat sich Slieve Donard, den höchsten Berg Nordirlands dafür ausgesucht. Gleich am nächsten Tag beginnt sie mit dem Aufstieg.

Der Weg führt sie direkt an der Stadtgrenze durch einen alten Wald, der so wild verwachsen ist wie ein Urwald. Laubbäume stehen so nahe beieinander, dass ihre Äste sich verschränken. Die Misteln in den Baumkronen fügen den unterschiedlichen Grüntönen, die Kearra umgeben, noch eine dunklere Farbe hinzu. Kearra ist wie verzaubert. Sie läuft den ausgetrampelten Pfad entlang, kommt an Bachläufen und Wasserfällen vorbei und fühlt sich wie in einer Märchenwelt. Hier meint man zu spüren, wie die Leprechauns, die irischen Kobolde, hinter den Bäumen hervorlugen.

Kaum hat sie den Wald hinter sich gelassen, als sie schon vom irischen Herbstwetter getroffen wird. Es regnet, es windet, es ist kalt und die Sicht verschlechtert sich mit jedem Schritt bis sie kaum mehr ihre ausgestreckte Hand sehen kann.

Schließlich resigniert Kearra und kehrt um.

Am nächsten Tag versucht sie es wieder. Erneut ist sie während der Wanderung durch den Wald ganz versunken in die Schönheit und Lebendigkeit der Landschaft. Aber als sie den Wald hinter sich lässt und den weiteren Aufstieg durch die karge, steppenähnliche Landschaft fortführt, beginnen auch ihre Gedanken zu wandern. Zurück nach Deutschland, zu ihrer Ernsthaftigkeit, zu ihrer Arbeit. Welche Gefühle leiten sie dort durch den Tag? Es ist ihr Pflichtbewusstsein, das Statusgefühl, die Vernunft, die Ernsthaftigkeit.

In den letzten Tagen in Belfast hatte sie Fröhlichkeit, Ausgelassenheit, Leichtigkeit gespürt. Gefühle, die ihren Charakter ausmachen, zumindest früher ausmachten, aber die sie irgendwo auf ihrem Weg, die Karriereleiter hinauf, verloren hat. Es muss ein schleichender Verlust gewesen sein, weil sie sich nicht bewusst war, etwas verloren zu haben. Wann hat der Prozess eingesetzt? Im Studium konnte sie die Leichtigkeit des Seins noch regelrecht auf alle Anderen übertragen. Sie hat sich immer gefreut, über die gute Stimmung überall um sie.

Später erst hat ihr eine Freundin erzählt, dass die anderen nur durch Kearras gute Laune angesteckt waren und sie diese fröhliche Stimmung um sich herum initiiert hatte.

Irgendwann in der Unsicherheit, die sie befallen hat, als sie ihre erste Arbeitsstelle angetreten hat, hat sie ihre Leichtigkeit eingebüßt. Es gab so vieles, an das man denken musste. Sie spürte die ständige Beobachtung ihrer Kollegen und Vorgesetzten und irgendwann gab sie der Angst, etwas falsch zu machen, nach, sodass sie selbst zu ihrem größten inneren Kontrollorgan wurde. Sie hat Kurse besucht über die richtige Körpersprache, über den richtigen Ausdruck, über das richtige Verhalten. Sitze in einem Vorstellungsgespräch nicht mit verschränkten Armen vor deinem Gegenüber! Versuche sein Verhalten zu spiegeln! Beweise dem Anderen wie wichtig dir dein Projekt ist! Spiele dich nicht herunter! Setze dich durch! Gib nicht nach! Zeige keine Schwäche! Rede nicht im Dialekt! Achte auf deine Wortwahl! Sprich mit einer kräftigen Stimme! Verlasse nicht vor deinem Chef das Büro! Sei gut gekleidet!

Kearras Pflichtbewusstsein freut sich über all die Regeln: „So weißt du wenigstens immer wie du dich verhalten musst." Auch die Vernunft stimmt ein: „Regeln mag ich!" Das Statusgefühl sagt: „Schau, was wir alles damit erreicht haben!"

Die Leichtigkeit wirft, mit einer sehr leisen Stimme, wie weit entfernt aus der Tiefe, ein: „Aber zu welchem Preis?"

Mit der Leichtigkeit, mit all den Einschränkungen, ist wohl auch die Fröhlichkeit verschwunden. Auch wenn Kearra angesteckt durch die Fröhlichkeit um sich herum wieder spüren kann, was dies für ein Gefühl war, hat es dennoch noch keine Stimme, um etwas beizutragen.

Kearras neu gewonnenes „Hier-und-Jetzt"-Gefühl erinnert sie daran, dass den Iren sehr viel Schlimmes passiert ist, aber sie haben ihre Fröhlichkeit nicht verloren.

Kearra kommt es fast so vor, als nähmen sie die Realität nicht für voll. Als sagten sie: „Okay, Welt, wir sehen, dass du so funktionieren willst, wir wollen aber lieber eine andere Geschichte erzählen."

Während Kearra Schritt um Schritt durch die rötlichen Wiesen weiter bergauf steigt, so steil, dass ihr Atem schon sehr viel schneller geht, lässt sie es zu, dass ihre Gedanken kreisen. Sie hat das Gefühl, je höher sie hinauf kommt, desto höher erlaubt sie auch ihren Gedanken den Rahmen, der die natürliche Grenze, ihrer Gedankenwelt darstellt, zu überschreiten. Sie denkt Gedanken, die sie noch nie dachte, von denen sie sich noch nicht einmal sicher ist, ob sie diese denken darf. Es kommt ihr so vor, als ließe sie mit jedem Höhenmeter eine Einschränkung mehr zurück. Vielleicht ist es auch nur so, dass sie ihr ganzes Bewusstsein darauf lenken muss, nicht zu stolpern und jeden Schritt richtig zu setzen, dass ihr Bewusstsein keinen Raum mehr für Einschränkungen hat. Auf jeden Fall genießt sie es sehr.

Plötzlich steht sie vor einer hohen Mauer. Überrascht hält sie inne. Was macht denn diese

Steinmauer dort? Auf einem Schild liest sie, dass es sich um einen Schutzwall handelt, der ein Gebiet umkreist, in dem das Trinkwasser für die Stadt Belfast gewonnen wird. Die Mauer soll Tiere aus diesem Gebiet fernhalten.

An einer ausgewiesenen Stelle steigt Kearra über eine hölzerne Treppe über die Mauer und denkt an die anderen Mauern, die sie in Belfast gesehen hat. So viel Hass gab es dort. Jede der beiden verfeindeten Gruppen meint, sie wäre im Recht, dabei geht es beiden doch im Grunde um das Gleiche. Sie wollen Lebensbedingungen schaffen, in denen sie und ihre Bedürfnisse beachtet werden. Kearras Gedanken schweifen weiter zu den Machtkämpfen in ihrer Firma. Es geht immer nur darum, wer Recht hat und wer zeigen kann, dass sein Projekt, sein Dasein, mehr Bedeutung hat als das der Anderen. Gleicher Hintergrund, nur andere Methoden. Eine tiefe, düstere Stimmung überkommt Kearra. Seit sie die aufeinander geschichteten Granitsteine der Mourne Wall überschritten hat, sinkt ihre Laune tiefer und tiefer, obwohl sie mittlerweile mit jedem Schritt dem Gipfel näher kommt.

Eine leise Stimme taucht auf, so leise, dass Kearra sie kaum vernehmen kann: „Halt! Moment! Ich dachte, endlich dringst du wieder zu mir vor, zu deiner Fröhlichkeit und jetzt lässt du dich von so ein paar grauen Steinen herunterziehen?“

Kearra wusste gar nicht, wie sie reagieren sollte. Wo kommt denn hier, in dieser kargen Umgebung, in die sie seit Überschreiten der Steinmauer eingetreten ist, plötzlich die Stimme ihrer Fröhlichkeit her? Wie schafft sie es plötzlich die dunklen Gedanken zu durchbrechen?

„Schau dich mal um", sagt ihr die leise Stimme, die von einem Lachen begleitet ist. „Siehst du nicht wie lustig es ist, dass während du über das rot-grüne Gras gelaufen bist, deine Gedanken leichter und leichter wurden und seit du grauen Granit unter dir hast, die Gedanken schwerer und schwerer werden?"

Kearra sieht ihre Wanderung plötzlich wie in einem Comic vor sich und wie sich ihre Stimmung den äußeren Gegebenheiten angepasst hat. Sie schmunzelt erst leise, dann wird ihr Lachen lauter und lauter. Bis es schließlich die Stille des Berges durchbricht.

„Es ist echt fantastisch", denkt sie sich. „Wenn ich mich davon schon beeindrucken lasse, dann muss ich hinter den Betonburgen meiner Arbeit in Ernsthaftigkeit verschwinden."

Sie lacht noch mehr, als sie sich plötzlich vorstellt, wie sie in einer Nacht- und Nebelaktion ihr Bürogebäude mit bunten Graffitis besprüht, um so die Stimmung zu verbessern. Blumen würde sie sprayen und Regenbogen. Sie kichert vor sich hin, während sie sich ein wenig für ihre Albernheit schämt. Aber das Schamgefühl ist schnell unterdrückt, je näher sie dem Gipfel kommt.

Als sie endlich oben angekommen ist, verspürt sie Freiheit. In alle Richtungen fällt das Land ab. Sie ist am höchsten Punkt angekommen. Der Wind, der sie fast vom Gipfel bläst, zeigt ihr, dass ihm keine Landmarke mehr im Weg steht und er machen kann, was er will. Im Moment will er Kearras Haare durchwühlen.

„Ja! Geschafft!“, schreit sie in das Tösen der Windböen. „Ich habe diesen Berg bestiegen!“

Länger hält sie es nicht aus in der windigen Kälte. Aber für die Minuten, die sie verweilt, bringt sie all ihre Gedanken zum Stoppen und genießt die Freiheit und die Wildheit.

-5-

Am Abend, nachdem sie sich im Bed & Breakfast von den Strapazen der Wanderung erholt hat, lässt sie den Tag Revue passieren. Beim Abstieg wurde sie von so schlechtem Wetter überrascht, dass sie keine Energie mehr hatte über irgendetwas anderes nachzudenken, außer den schnellsten und sichersten Weg zu finden.

Aber der Aufstieg ist ihr in seiner Vielfalt an Eindrücken – inneren und äußeren - noch gut im Gedächtnis geblieben. In ihrem Kopf tauchen all die Eindrücke wieder auf. Wie ihre Gedanken immer höher und höher gewandert sind. Wie sie wieder düster und dumpf wurden, als sie an all die Kämpfe dachte. In der Welt und in ihrer Arbeit. Und dann auf einmal, unpassend, Fröhlichkeit.

Es war ein so schönes Gefühl, als die Fröhlichkeit plötzlich die düsteren Gedanken vertrieben hat und zurück blieben nur Freiheit und Ausgelassenheit. Ist es das, was auch die Menschen in Belfast machen? Würzen sie dort alles mit einem Schuss Fröhlichkeit und transformieren somit die negativen Emotionen?

Plötzlich schießt eine Idee in Kearras Bewusstsein: „Ich muss diese Fröhlichkeit mit in meine Arbeit bringen!“ Dieser Gedanke ist so laut, dass sie ihn nicht ignorieren kann.

„Still jetzt! In der Arbeit kann ich dieses Gefühl mit Sicherheit nicht brauchen!“, sagt sie sich innerlich.

Aber die Fröhlichkeit möchte nicht weiter unterdrückt werden. Sie fordert nach ihrem Recht, wieder an die Oberfläche zu kommen.

„Warum nicht? Deine Arbeit ist der Teil deines Lebens, in dem du die meiste Zeit verbringst. Es ist der Teil deines Lebens, dem du am meisten Energie widmest. Wenn du hier nicht das lebst, was dich ausmacht, dann lebst du es nie. Und ich möchte nicht mehr vergessen werden!“

In der Vehemenz des Plädoyers der Fröhlichkeit schwingt ein wenig Traurigkeit mit. Aber Fröhlichkeit und Traurigkeit mochten sich schon immer gut leiden. Die Traurigkeit verleiht der Fröhlichkeit Tiefe und die Fröhlichkeit der Traurigkeit einen Ausweg.

„Aber wie soll das gehen?“, fragt Kearras Bewusstsein. „In der Arbeit hat Fröhlichkeit nichts verloren. Ich kann doch nicht Lachen, Witze erzählen und ausgelassen sein in meiner Arbeit. Dadurch würde ich alles verlieren."

„Ansonsten verlierst du dich!", sagt eine sehr dringliche Stimme in Kearra.

Kearra kann ihren Gedanken kaum folgen. Sie spürt nur, dass sie diesen Gedankenkreis verlassen will, nein, muss. Sie gesteht ihm zu, dass er sehr wichtig ist für sie, aber sie bekommt schon Kopfschmerzen von all den ungewohnten Gedanken.

Wie unterbricht man Gedankenkreise, die herumwirbeln wollen? „Stopp!", ruft Kearra, steht in ihrer Verzweiflung, die Gedanken zu beenden, auf und hüpft auf der Stelle. Sie hält sich mit den Händen die Ohren zu, doch in ihrem Kopf kreist es ununterbrochen weiter.

Sie beschließt ein Telefonat mit ihrem Mann zu führen und später einen Film anzuschauen. Für heute hat sie genug von ihren Gedanken.

-6-

Am nächsten Morgen bei einem wunderschönen Frühstück, das die Hauswirtin ihr vorsetzt, breitet Kearra die Landkarte vor sich aus. Wo will sie als nächstes hin? Sie hat noch so viele Urlaubstage vor sich, die sie mit Leben füllen möchte und keinen Plan.

An diesem Morgen ist sie genervt davon alleine zu reisen. Dumpfe Kopfschmerzen deuten an, dass sie sich gestern eindeutig zu lange mit ihren kreisenden Gedanken beschäftigt hat. Sie möchte heute auf keinen Fall wieder alleine mit sich und ihren Gedanken sein.

„Könnten Sie mir einen Tipp geben, was ich heute machen kann? Ich hätte Lust darauf unter Leuten zu sein. Vielleicht etwas Kulturelles“, spricht Kearra ihre Hauswirtin an.

„Oh, Kultur, hier in den Mournes? Hier gibt es viel Natur und abends gute Pubs. Da müssten Sie schon weiter fahren.“

„Kein Problem, ich möchte ja eh eine Rundreise machen.“

„Wie wäre es denn mit Newgrange? Das alte Keltengrab. Dort ist niemand mehr allein. Es gibt seit Neuestem ein Exhibition Center und jede Menge Touristen. Es ist nicht weit. Mit dem Auto werden Sie vielleicht zwei Stunden dorthin brauchen.“

„Newgrange! Stimmt, dort wollte ich schon immer mal hin. Als meine Schulklasse damals einen Ausflug dorthin machte, konnte ich nicht mit, weil ich krank war. Es muss ein ganz besonderer Ort sein.“

„Fahren Sie am besten die Mourne Coastal Route weiter, bis sie auf den Motorway M1 stoßen. Beziehungsweise hier oben heißt der Motorway A1 oder N1. Das mag ein wenig verwirrend sein, aber sobald sie eine Straße sehen, die mit 1 bezeichnet ist, fahren sie in südlicher Richtung drauf. Die

Abzweigung, die sie nehmen müssen, heißt Drogheda. Ab dort ist es ausgeschildert."

Kearra ist froh, dass sie einen Plan hat und wieder unterwegs sein kann.

Bei schönstem Wetter fährt sie die Küstenstraße entlang. Rechts die Berge, links das Meer. So schön kann Natur in Irland sein. Es muss gar nicht die berühmteste Küstenstraße, der Ring of Kerry, sein, um atemberaubend schöne Straßenabschnitte zu erleben.

Aus dem Augenwinkel sieht es für Kearra so aus, als ob sie von Delfinen begleitet wird, als sie die Bucht bei Newcastle verlässt. Sie reibt sich verwirrt die Augen, eigentlich weiß sie nur von den Delfinen an der Süd-West-Küste des Landes. Aber vielleicht treiben sich seit Neuestem auch Delfine hier oben herum. In Irland ist alles möglich.

Sie fährt weiter die Küste entlang. Rot-graue Berge, mal sanft, mal steinig rau ziehen an ihr vorbei. Das Sonne-Wolken-Spiel an diesem Tag scheint die Berghänge ständig neu anzumalen. Das Farbspiel ist leuchtend, dann wieder dunkel, später sanft und wieder ganz grell. Es reißt Kearras Aufmerksamkeit mit aller Macht an sich, sodass ihre Gedanken endlich mal wieder eine Pause machen dürfen.

Die Berge werden zu sanften Hügeln und die Straße führt Kearra einen kleinen Fjord entlang. Nicht spektakulär, eher sanft. Aber mit der Burgruine an seinem Ufer, an der sie vorbeifährt wirkt er dennoch im Licht der gerade durchbrechenden Sonne sehr besonders.

Kurz darauf fährt sie schon auf der Autobahn und Kearra kommt es so vor, als habe sie Newcastle gerade erst verlassen. Doch ein Blick auf die Uhr zeigt ihr, dass sie schon fast eine Stunde unterwegs war. Die vorbeiziehende Landschaft hat sie ganz verzaubert.

-7-

Kurze Zeit später parkt Kearra den Mietwagen auf einem groß angelegten Parkplatz und folgt den Schildern zum Gelände. Die Anzahl der Autos zeigt, dass sie nicht alleine sein wird heute. Als sie in der Ausstellungshalle, in der man die Tickets erwerben kann, angekommen ist, wird sie gleich mit einer Frage begrüßt: „Guten Morgen. Hatten Sie einen guten Weg hierher? Die nächste Tour zu Newgrange beginnt in 15 Minuten, sie können gleich mit. Heute gibt es keine Wartezeiten."

Kearra kauft ein Ticket und folgt dem ausgewiesenen Weg, der sie über eine Brücke über den Boyne, einem von Irlands größeren Flüssen, führt. Sie hält kurz inne und schaut den Fluss entlang. In ihrer Schulzeit hat sie alles über dieses Tal, das Boyne-Tal, gelernt. Hier lebten die ersten Siedler dieser Insel. Das Flusstal ist sehr fruchtbar und sie konnten den Fluss mit Flössen befahren. Momentan zeigt sich Irlands Himmel bedeckt und so schaut auch das gesamte Tal sehr grau aus. Dennoch kann man erahnen, dass dies eine sehr gute Gegend ist, um von und mit der Natur zu leben.

Auf der anderen Uferseite des Boyne wartet ein Kleinbus auf die Besucher. Der Busfahrer öffnet die Türe und ruft ihr fröhlich zu: „Immer einsteigen. Wir haben noch ein Plätzchen frei. Wir müssen allerdings noch fünf Minuten warten."

Kearra steigt in den vollen Kleinbus. Neugierig blickt sie zum Busfahrer, der sich nach einem kurzen Nicken sofort wieder in seine Zeichnung vertieft, die er auf dem Lenkrad abgelegt hat. Kearra ist fasziniert und nimmt den freien Platz hinter ihm. Sie schaut ihm über die Schulter und sieht, dass er gerade eine neue Zeichnung beginnt. Noch ist nicht viel zu erkennen. Sie erinnert sich daran, wie gerne sie als Jugendliche gezeichnet hat. Nichts Besonderes, sie war nie wirklich talentiert gewesen, aber sie hat es genossen, alles, was in ihrem Kopf herumschwirrte aufzuzeichnen. Einfach nur aus Freude am Zeichnen.

„Wieder etwas, was ich auf die Liste der Dinge setzen kann, die ich im Erwachsenenalter verloren habe", denkt sich Kearra. Während sie den Busfahrer darum beneidet, wie vertieft er in seine Zeichnung ist, möchte sie auch wieder malen.

„Ich könnte mir heute Abend einen Skizzenblock und Stifte kaufen", denkt sie sich, bevor sie durch ein zu laut eingestelltes Walkie-Talkie aus ihren Gedanken gerissen wird. Die abgehackte Stimme sagt, dass die Tour losgehen kann. Der Busfahrer legt seine Malsachen zur Seite und beginnt die

Tour, indem er erst einmal eine knappe Sicherheitseinführung gibt: „Gurt zu, sitzen bleiben, nicht aussteigen, außer es wird ausdrücklich erlaubt."

Die Busfahrt und auch die Ankunft an Newgrange sind wenig spektakulär. Es geht vorbei an langweiligen Feldern und schließlich bleibt der Bus vor einem unscheinbaren Haus stehen. Dahinter sieht man die weißen Steine der Außenmauer des Hügelgrabes, das von oben mit Gras bewachsen ist. Auf den ersten Blick wirkt es nicht groß und auch nicht so besonders. Aber Kearra kann erahnen, dass sie ihre Meinung bald ändern wird.

Eine Touristenführerin holt die Gruppe direkt vom Bus ab und bringt sie auf dem steinernen Weg zum Eingang. Ein gutes Stück davor bleibt sie stehen.

„Ich heiße Sie willkommen zu dieser Tour durch Newgrange. Sie sehen vor sich ein Gebäude, das 6000 Jahre alt ist. Ich möchte Sie darauf hinweisen, welche Ehre es für uns ist, dieses Gebäude zu betreten. Der Ort wurde als heilige Stätte von den ersten Bewohnern dieser Insel erschaffen und wir haben heute die Erlaubnis ihn zu betreten. Ich danke jeden Tag dafür, dass ich an solch einem tollen Ort arbeiten darf. Bitte seien Sie sich bewusst, welch ein Privileg es für Sie ist, diesen Ort zu besuchen und verhalten Sie sich bei Ihrem Aufenthalt dementsprechend. Ich wünsche mir von Ihnen, dass sie diesen Ort mit der gleichen Ehrerbietung betreten wie ich."

Kearra hört die Touristenführerin nicht einfach nur sprechen, sie kann mit jedem ausgesprochenen Wort die Leidenschaft und Liebe dahinter spüren. Ihr ganzer Körper scheint zu vibrieren, als sich die Begeisterung auf sie überträgt.

Auch auf dem Weg in das Hügelgrab wird sie getragen von der Atmosphäre, die die Touristenführerin durch ihre Erzählungen schafft. Sie geht den eng gewundenen steinernen Durchgang in das Innere des Grabes, wo sie eine Kuppel erwartet. Kearra erfährt, dass diese seit 6000 Jahren unverändert ist. Man konnte herausfinden, dass seitdem kein Tropfen Wasser durch die Steine gesickert ist und es keine Bewegung des Materials gab. Die Besonderheit der Stätte wird durch die leidenschaftliche Erzählweise der Touristenführerin unterstrichen. Kearra kann jedes Detail förmlich spüren. Es geht noch weiter. Jedes Jahr zur Wintersonnwende erscheint die Sonne so am Horizont, dass der gewundene Gang davon erstrahlt wird und genau ein Punkt unterhalb der Kuppel angeleuchtet wird.

Kearra ist fasziniert, aber nicht nur von der alten Stätte, sondern auch von der Aura der Leidenschaft und Begeisterung, mit der sich die Touristenführerin umgibt. Wie mag es wohl sein, wenn man jeden Tag mit solchen Gefühlen an die Arbeit geht? Sie hat sich noch nie Gedanken über Leidenschaft am Arbeitsplatz gemacht.

Als Kearra den Ort verlässt, fühlt sie sich wie aufgeladen mit Energie.

-8-

Auf dem Weg zurück nach Drogheda, der nächsten größeren Ortschaft, hält sie an einem kleinen Supermarkt. Als sie sich mit einer Grundversorgung für die nächsten Tage ausgestattet hat, fällt ihr Blick auf das Regal mit den Schreibwaren. Wie magisch wird sie angezogen von Malstiften und Schreibblöcken. Sie denkt an den Busfahrer am Morgen. Wie er, während er wartete, ganz in sich versunken gezeichnet hat.

„Was willst du denn jetzt mit Malutensilien“, unterbricht sie ihr Zweifel. „Du solltest dich darauf konzentrieren wieder die richtige Motivation für deine Arbeit zu finden“, schaltet sich auch das Pflichtbewusstsein ein.

Diese Stimmen in ihrem Kopf machen Kearra ganz niedergeschlagen und sie will sich schon abwenden, doch dann dreht sie sich schnell um, schnappt sich den erstbesten Notizblock, diverse Stifte und geht schnell weiter zur Kasse, bevor sie es sich noch einmal überlegen kann.

Kearra verlässt so schnell sie kann den Supermarkt, um ihren Gedanken keinen weiteren Raum zu geben. Sie macht sich auf die Suche nach einer Unterkunft für die Nacht.

-9-

„Hey Gail, ich habe gerade deine Nachricht erhalten", spricht Kearra am Abend auf dem Sofa ihres Apartment-Zimmers in ihren Telefonhörer. Sie hat ihrer Freundin Abigail schon vor Tagen geschrieben, dass sie in Irland ist, aber erst heute eine Antwort bekommen. Gail besucht gerade ihre Tochter, die in Dublin studiert, darum hatte sie noch keine Zeit zu antworten.

„Ich freue mich total, dass du in Irland bist. Wir müssen uns unbedingt treffen. Wo bist du denn gerade? Wann kommst du nach Galway?“, tönt Abigails Stimme aus dem Hörer.

„Ich bin gerade in einem B&B in Droghera, weil ich mir heute Newgrange angeschaut habe", antwortet Kearra. „Ich werde erst in ein paar Tagen nach Galway kommen und noch ein wenig alleine herumreisen.“

„Und was steht als nächstes auf dem Programm?“, fragt Abigail.

„Um ehrlich zu sein, ich weiß es gar nicht. Ich habe noch keine Pläne für die nächsten Tage gemacht.“

„Dann solltest du dich morgen mit mir in Dublin treffen“, sagt Abigail. „Meine Tochter hat schon genug von mir und für dich ist es nur eine Stunde Autofahrt.“

Kearra lacht: „Okay, das klingt nach einem guten Plan. Wann treffen wir uns und wo?“

Nachdem sie den Plan für den nächsten Tag vervollständigt haben, beenden sie das Telefonat in Vorfreude auf den nächsten Tag.

„Jetzt durchbreche ich doch den Plan alleine zu reisen“, denkt sich Kearra. Aber sie ist sich auch bewusst, dass es ihr gut tun wird, wieder mit einer vertrauten Person zu sprechen und sie ist froh, dass es eine irische Person ist. Denn sie mag gerade gar nicht an die Ernsthaftigkeit ihrer deutschen Persönlichkeit erinnert werden. Liegt es daran, dass sie in Irland an ihre Kindheit erinnert wird oder liegt es an der irischen Mentalität, dass sie sich hier so viel freier, fröhlicher und kindischer fühlt?

Als sie ihre Einkäufe auf dem Sofa liegen sieht, gibt sie sich ganz dieser fröhlichen, kindischen Stimmung hin und fängt an darauf herumzukritzeln. Sie versucht Newgrange zu skizzieren.

„An mir ist keine Künstlerin verloren gegangen, aber Spaß macht es trotzdem“, denkt sich Kearra.

Als Kind hat sie immer Comics gezeichnet, in denen alles mögliche Witzige passiert ist. Und einfache, stilisierte Figuren funktionieren eigentlich ganz gut. Sie versucht sich an einer Skizze über einen zeichnenden Busfahrer und eine leidenschaftliche Touristenführerin. So richtig zufrieden ist sie nicht mit dem Ergebnis, aber es mach ihr sehr viel Spaß sich auszuprobieren. Sie stellt sich vor, wie lustig es wäre, wenn dieser gelassene irische Busfahrer die Management-Riege in Berlin übers Werk fahren würde. Nach einigem Überlegen schafft sie es auch wirklich dies darzustellen. Sie grinst und schmunzelt. Es kommt ihr vor, als hätte sie allen ihren steifen Kollegen einen Streich gespielt.

An diesem Abend, müde von den Ereignissen des Tages und vom Zeichnen, schläft Kearra mit einem Grinsen im Gesicht ein.

-10-

„Puh, endlich haben wir ein Café gefunden“, stöhnend lässt sich Kearra auf einen Stuhl im Café fallen. „Was für eine blöde Idee in die Innenstadt von Dublin mit dem Auto zu fahren. Hättest du mich nicht davon abhalten können?“

„Du wohnst in Berlin, der Hauptstadt Deutschlands, du solltest Stadtverkehr doch gewohnt sein!“, argumentiert Abigail.

„Erstens wohne ich ein gutes Stück außerhalb von Berlin und außerdem ist das bei weitem nicht vergleichbar mit dem, was hier los ist“, jammert Kearra weiter.

„Ach komm, erstmal ein Kaffee, dann geht es wieder“, versucht Abigail aufzumuntern, aber Kearra rümpft ihre Nase.

„Ich habe in Irland noch nie einen ordentlichen Kaffee bekommen. Ich bleibe beim Tee.“

Abigail lacht auf: „Okay, seit ich dich in Berlin besucht habe, weiß ich was du meinst. Dann eben Tee. Und wie wäre es mit Scones? Oder ist man sich als Deutsche auch dafür zu fein.“

Kearra knufft ihre Freundin in die Seite für die letzte Bemerkung.

Nachdem Kearra Milch und Zucker in den schwarzen Tee eingerührt hat, hellt sich ihre Stimmung auf. Sie liebt dieses Gefühl im heißen Getränk zu rühren, bis aus der dunklen Flüssigkeit eine weiche, helle entstanden ist und sie den ersten heißen Schluck trinken kann. In Deutschland mag es ja tausend verschiedene Teesorten geben. Aber gegen diesen einen irischen Tee kommt einfach nichts anderes an.

Wohlig seufzt sie auf: „Hm, jetzt bin ich wieder versöhnt mit der Welt und freue mich, dass wir uns heute sehen! Erzähl mal, wie geht es deiner Tochter, wie waren deine Tage in Dublin?“

Kearra lauscht aufmerksam, als Abigail von ihrer Tochter und deren Studium in Dublin erzählt.

„Aber jetzt erzähl mir du doch noch einmal ausführlich, was dich allein nach Irland verschlägt?“, fragt Abigail mit sichtlicher Neugierde.

„Ach weißt du, in den letzten Wochen war ich so richtig genervt von meiner Arbeit. Es ist so ein Zirkus dort. Kaum jemals sprechen wir über irgendetwas anderes als die Eitelkeiten der Menschen um mich herum. Es geht überhaupt nicht mehr um die Technik oder das, was wir herstellen, nur noch darum, wie man sich über die Anderen stellen kann.“

Kearra blickt in sich versunken auf die Musterung des Tisches.

„Wahrscheinlich war das schon immer so“, fährt Kearra fort. „Aber mir ist es noch nie aufgefallen. Ich habe das Spiel immer schön mitgespielt. Aber irgendwie kann ich das im Moment nicht mehr. Es nervt mich alles. Irgendwann war ich nur noch schlecht gelaunt und habe mir gedacht, dass ich weg muss. Dann hatte ich die spontane Idee zu verreisen und natürlich ist mir Irland eingefallen. Damit ich nicht die ganzen Tage nur von meiner Familie abgelenkt bin, habe ich beschlossen durch den Norden zu reisen und erst am Ende zu meinen Eltern zu fahren.“

„Oh wow, das klingt ja nach einer ganz schönen Sinnkrise“, fasst Abigail zusammen.

„Mhm, du sagst es“, sagt Kearra.

„Ich weiß gar nicht, was ich dazu sagen soll, weil ich mich überhaupt nicht damit auskenne, wie es in so einem großen Unternehmen sein muss. Bei uns in der Touristeninformation geht es nicht um Eitelkeiten, wobei, unsere neue Mitarbeiterin steht nur vor dem Schminkspiegel.“ Abigail lacht. „Aber ich weiß, dass du andere Eitelkeiten meinst.“

Abigail fährt fort: „Auch wenn ich mich mit all dem nicht auskenne, merke ich aber trotzdem, dass du, wenn du von deiner Arbeit erzählst, plötzlich ganz anders aussiehst. Normalerweise sprühst du vor Fröhlichkeit und Energie. Aber wenn du über deine Arbeit sprichst, und ich meine nicht nur jetzt im Moment, sondern auch schon früher, dann wirst du ganz steif und ernst. Ich fand das immer schade, dass du dich so verändern musst, wenn es um deine Arbeit geht.“

Auch jetzt wirkt Kearra irgendwie farbloser und stumpfer, als sie sich rechtfertigt.

„Aber weißt du, das muss so sein. Mit Fröhlichkeit kann ich dort nichts erreichen.“

„Warum musst du denn überhaupt etwas erreichen?“

„Ich weiß nicht, weil das dazu gehört, wenn man in einem großen Unternehmen arbeitet. Es ist der logische Weg. Du fängst dort an und arbeitest dich nach und nach hoch. Natürlich nicht jeder, aber für mich hat es geklappt.“

„Und was hast du davon, wenn du dich nach und nach hocharbeitest?“

„Ich weiß nicht. Anerkennung, Geld, Herausforderungen vielleicht."

„Aber zu welchem Preis, wenn du dafür deine Fröhlichkeit verlierst?"

„Hm", Kearra weiß gar nicht so recht, was sie darauf antworten soll. Ihre Ernsthaftigkeit und ihr Pflichtbewusstsein würden gerne gegen alles, was sie von Abigail hört, rebellieren, aber diese Stimmen sind in den letzten Tagen leiser geworden.

„Ich weiß auch nicht, Fröhlichkeit hat dort einfach nichts verloren. Es geht um Technik, wir entwickeln Bremssysteme. Das ist ein ernstes Thema."

„Natürlich, aber man kann auch an einem heiklen Thema arbeiten und sich dennoch seine Fröhlichkeit bewahren."

„Ja, aber soll ich denn durch die Firma laufen und allen Menschen, die ich treffe, Witze erzählen?"

„Das wäre ein Anfang."

„Ja klar, beim nächsten Jour Fix mit meinem Chef fange ich erst mal an mit ‚Kennen Sie den schon?'", antwortet Kearra empört, aber dann fängt sie herzlich an zu lachen, bei der Vorstellung, wie ihr Chef reagieren würde.

„So gefällst du mir schon wieder viel besser."

„Ach, Gail, das ist alles nicht so einfach."

„Ja, ich weiß."

Kearra schenkt sich einen neuen Tee ein, dem sie erneut eine helle, weiche Farbe zaubert und pickt mit den Fingern die letzten Brösel der Scones von dem Teller.

„Es würde mir sehr gefallen, wenn ich etwas mehr Fröhlichkeit in die triste Arbeitswelt bringen könnte. Aber das geht doch nicht. Ich wüsste nicht wie“, sagt sie schließlich nachdenklich.

„Na dann lernst du es eben, hier in Irland, der beste Ort, um Fröhlichkeit zu lernen“, fasst Abigail zusammen. „Und jetzt gehen wir erstmal shoppen. Hier um die Ecke ist ein Shopping Center, aber meiner Tochter war es nicht hip genug und alleine einkaufen macht keinen Spaß.“

Kearra lacht: „Es war also nur Egoismus, dass du mich gefragt hast, ob ich nach Dublin komme?“

Abigail grinst: „Ja genau. Du kennst mich einfach zu gut.“

LERNEN

-1-

Am Abend checkt Kearra in ein schönes Wellness-Hotel am Rande von Dublin ein. Abigail hat es ihr empfohlen und nach dem Tag in der quirligen City braucht sie ein wenig Entspannung.

Im Shopping Center hat sie sich ein Magazin gekauft, dessen Titelstory sie neugierig gemacht hat. Man sah eine lachende Frau und darüber stand: „Lachen Sie doch mehr!"

„Wie passend zu meinem Gespräch mit Abigail!", dachte sich Kearra und kaufte sich kurzentschlossen eine Ausgabe davon.

Kearra freut sich auf einen ruhigen Abend im Wellness-Bereich und auf das Lesen des Magazins.

Aber ihr Zweifel fragt sie: „Und das soll etwas bringen? Einen Artikel über Lachen zu lesen? Das wird dich auch nicht zu einer besseren Managerin machen. Pah!"

„Klappe jetzt!", sagt die Fröhlichkeit. „Alles was hilft, damit ich nicht mehr in Vergessenheit gerate, ist genau das richtige Mittel."

„Wie witzig das wohl sein wird, einen Artikel über Lachen zu lesen!", stänkert ihr Zweifel.

Kearra versucht ihre Gefühlswelt zu ignorieren und wickelt sich in einen wundervoll weichen Bademantel. Nachdem sie den Wellnessbereich des Hotels im Keller erreicht hat und sich einen Überblick verschafft hat, lässt sie sich erstmal in das warme Wasser des Whirlpools fallen. Später lässt sie Gedanken und Eindrücke des Tages in der Hitze einer Sauna zur Ruhe kommen.

Danach versorgt sie sich mit Getränken und nimmt sich einen Liegestuhl vor einem offenen Kamin und widmet sich endlich dem Magazin. Sie blättert durch die farbenfrohen Seiten, aber es zieht sie unweigerlich zum Leitartikel hin. Es ist ein Gastbeitrag eines Lachtrainers, der sich und seine Arbeit damit vorstellen möchte.

<<Vor rund 2400 Jahren wollte uns Platon das Lachen verbieten. Zumindest den klugen Menschen. Er war geprägt von Ernsthaftigkeit. Es spricht meiner Meinung nach nicht für unsere Menschheit, dass seine Werke immer noch als die Grundlage aller Philosophie gelten und der Philosoph Demokrit, der ein Befürworter des Lachens war, fast in Vergessenheit geraten ist. Zum Glück haben sich nicht alle das Lachen verderben lassen und es gibt von Kant über Karl Valentin bis hin zu den heutigen Kabarettisten genügend Menschen, die sich mit dem Leben humorvoll auseinandersetzen. Für Sie ist es offensichtlich auch ein erstrebenswertes Ziel, ansonsten würden Sie diesen Artikel nicht lesen. Für mich sind Lachen und Humor die Essenz meines Lebens und ich hatte erst schwer daran zu knabbern, dass es davon im Arbeitsleben zu wenig gibt. Irgendwann fing ich dann an, auszuprobieren,

was mit Humor im Alltag möglich ist und jetzt schreibe ich Ihnen darüber. Darf ich mich vorstellen: Ich bin ein Humor-Tester und arbeite daran, die Welt wieder etwas fröhlicher zu machen.>>>

Kearra muss lachen, denn ihr fällt eine Geschichte von Platon ein, in der er vehement gegen das Lachen vorging. War es nicht er, der eine junge Griechin für ihren Humor verurteilt hatte? Die Griechin hat herzhaft über einen Philosophen gelacht, der in einen Brunnen gefallen war. Sie hat so etwas gesagt wie: „Das geschieht dir Recht, wenn du nur in den Himmel schaust, anstatt auf den Boden, auf dem du läufst." Kearra fand es genauso lustig wie die junge Griechin, wenn ein erwachsener Mensch sich als weise erachtet und noch nicht einmal weiß, dass er auf den Weg achten muss, wenn er ihn benutzt. Und genau das verurteilte Platon. Genau diese Art von Lebensweisheit und Humor nannte er Bauerndummheit. Sie fand Plato schon immer schrecklich langweilig in seiner Ernsthaftigkeit.

Ihre Fröhlichkeit jubiliert auch: „Hah! Ernsthaftigkeit, du alter Platon. Wir wenden uns von dir ab und Demokrit zu!"

Ihre Ernsthaftigkeit weiß nichts darauf zu erwidern und so bleibt Platon stumm. Es kann aber auch sein, dass er nur Luft holt, um in einiger Zeit wieder seinen Senf dazuzugeben.

<<Zunächst möchte ich gerne mit Ihnen teilen, welche positiven Effekte das Lachen für jeden von uns hat. Jeder Mensch hat schon einmal festgestellt,

dass Lachen schlechte Stimmungen vertreiben kann. Man spricht nicht umsonst vom Galgenhumor, der die dunkelsten Momente doch noch zu etwas Erträglichem transformieren kann. Aber wussten Sie auch, dass Sie die positiven Effekte von Lachen auch im Gehirn und in ihren Hormonen nachweisen können?

Lachen bedeutet, dass das Hirn eine Pause macht. Es können ähnliche Hirnströme gemessen werden, wie bei Menschen in tiefer Meditation. Die ansonsten so wild herumwirbelnden Gedanken, kommen plötzlich zum Halten und Leere breitet sich aus. Im Asiatischen Raum spricht man von Gedankenaffen, wenn man den nicht-enden-wollenden Gedankenkreisel meint, der dem einen oder anderen schon so manch ein graues Haar beschert hat. Mit Meditation kann man versuchen die Gedankenaffen zu einem kurzen Innehalten zu bringen und die Ruhe und Stille genießen. Diesen Zustand kann man an einer reduzierten Frequenz unserer Hirnströme erkennen. Diese werden mit einem EEG gemessen und zeigen die Aktivität in unserem Denkorgan an. Wenn Lachen dieselben Effekte auf unser Gehirn hat, wie tiefe Meditation, dann heißt das, dass wir ihm in dem Moment dieselbe wohltuende Stille und Ruhe gönnen und vielleicht ein paar Haare davor bewahren können grau zu werden. Diese Ruhe und Stille kann man auch danach noch spüren, denn es dauert eine Weile bis der Gedankenkreisel wieder an Fahrt aufnimmt und die Affen wieder aufwachen. Es ist wie ein Moment des Atemholens, den man sich mit jedem Lachen schenken kann.

Auch im restlichen Körper sind die Effekte von Lachen nicht zu verachten. Es wird fast die gesamte Muskulatur benötigt, um Lachen zu können. Nicht zuletzt tut einem oft der Bauch vor Lachen weh. Leider passiert mir das viel zu selten, aber ich hoffe Sie haben schon so heftig gelacht, dass sie sich vor Bauchschmerzen krümmen mussten. Die Schmerzen kommen von der Überlastung der Bauchmuskulatur. Stellen Sie sich mal das Gesicht eines Fitnesstrainers vor, wenn Sie zu ihm kommen und darum bitten, Ihre Bauchmuskulatur zu trainieren, damit Sie längere Lachanfälle ertragen können.

Nicht nur die Bauchmuskulatur, auch das Zwerchfell werden beim Lachen stark angeregt. Das Zwerchfell massiert dabei die Eingeweide, so dass zum Beispiel die Darmfunktion angeregt wird.

Durch die erhöhte Bewegung des Zwerchfells wird auch unser Atem tiefer und wir bekommen mehr Sauerstoff, was dazu führt, dass wir uns, wenn wir lachen, sehr aufgeweckt fühlen. Es wäre so viel gesünder zu lachen, anstatt einen Kaffee zu trinken, wenn unsere Energie-Reservoirs nachlassen. Leider ist der Weg zum Kaffeeautomaten in der Regel einfacher, als einen Grund dafür zu finden, aus vollem Herzen zu lachen.

Dass das Lachen Endorphine, sogenannte Glückshormone ausschüttet, wundert wahrscheinlich niemanden. Der Ausstoß von Endorphinen übersteigt bei weitem die Menge, die beim Essen von Schokolade produziert wird. Ich liebe Schokolade und würde niemals im Leben darauf verzichten wollen, aber es würde mir auch nicht schaden, die Menge zu reduzieren. Wenn ich doch nur, wenn mich der Heißhunger auf Schokolade packt, anstatt dem Süßigkeitenschrank, den Lach-Schrank aufmachen könnte und einfach mal herzhaft lachen könnte. Bei mir würden die Pfunde nur so vom Körper purzeln.

Können Sie sich vorstellen, dass das Lachen auch schmerzlindernde und entzündungshemmende Hormone ausschüttet? Es könnte also manchmal auch der Weg zum Medikamentenschrank wegfallen, wenn wir nur mehr Lachen in unser Leben integrieren könnten. Wenn ich an die schmerzlindernde Wirkung von Lachen denke, fällt mir sofort die schreckliche 2000er MTV Sendung JackAss ein. Bei dieser Sendung haben sich junge Männer absichtlich in Situationen gebracht, die ihnen gegenseitig Schmerz zufügten. Ich konnte diese Sendung nie lange anschauen, aber in den kurzen Sequenzen beim Zappen fiel mir auf, dass die Protagonisten immer gelacht haben. Wenn sie sich zum Beispiel gegenseitig Medizinbälle auf die Hoden geworfen haben oder mit Skateboards gegen Wände gefahren sind. Wahrscheinlich haben sie unbewusst die schmerzlindernde Wirkung von Lachen genutzt, um diesen Blödsinn auszuhalten. Seit mir dieser Zusammenhang aufgefallen ist, nehme ich mir immer vor, dass ich beim nächsten schmerzhaften Zwischenfall als erstes zu Lachen anfange. Aber irgendwie fällt mir zuerst das Fluchen ein.

Im Gesundheitswesen weiß man zum Glück schon seit längerem um die heilsamen Effekte von Lachen, aus diesem Grund gibt es mittlerweile in vielen Krankenhäusern Clowns. Der Film „Patch Adams" erzählt auf wundervolle Weise die Geschichte des ersten Krankenhausclowns. Liebevoll, voller Humor, aber auch zu Tränen rührend bringt er dem Zuschauer nahe, was Humor für die Gesundheit bewirken kann.

Um die positiven Effekte des Lachens zu erfahren, gibt es mittlerweile in fast jeder größeren Stadt Lachyoga-Gruppen. Lachyoga wurde verbreitet vom Inder Madan Kataria, einem Arzt und Yoga-Lehrer. Das Ziel von Yoga ist, die Einheit von Körper, Geist und Seele herzustellen. Das wird über das Lachen sehr schnell erreicht. So ist Lachyoga eine Art diese Einheit herzustellen. Zugrunde liegt außerdem die Eigenschaft unseres Körpers und Gehirns, dass es ihnen egal ist, ob man ein Verhalten ernst meint oder nur spielt, die körperlichen Effekte sind dieselben. Wenn man also nur so tut, als würde man lachen, hat dies dieselben positiven Effekte auf den Körper, wie wenn man wirklich lacht. Ein Beispiel dafür können Sie gerne sofort ausprobieren. Zwingen Sie sich zwei Minuten lang dazu zu lächeln. Wenn es nicht klappt, dann verziehen Sie ihr Gesicht zu einer Grimasse, die in etwa einem Lächeln entspricht. Wenn die zwei Minuten abgelaufen sind, versuchen Sie, während Sie lächeln, etwas Negatives zu denken. Wahrscheinlich müssen Sie sich schon sehr anstrengen, wenn es Ihnen überhaupt gelingt.

Beim Lachyoga trifft man sich also und übt das Lachen. Dazu tut man einfach so als würde man Lachen, bis es schließlich funktioniert. Man stellt sich zum Beispiel im Kreis auf und sagt „Hahahaha“, „Hohohoho“, „Hihihihi“, „Huhuhuhu“. Klingt komisch, oder? Soll es ja auch. Wenn sie über das komische Gehabe während so einem Kurs lachen, ist das Ziel auch schon erreicht.>>

Fast schon atemlos hat Kearra diesen Artikel gelesen. Das Thema Lachen bringt etwas in ihr zum Klingen, das ihr gefällt. Ihr war nicht bewusst, was Lachen alles in uns auslösen kann.

Wahrscheinlich wusste sie intuitiv schon lange über die positiven Auswirkungen von Lachen auf die Gesundheit und den Körper. Ihr Mann und sie haben diese Angewohnheit, dass sie, wenn sie krank sind nur lustige Sendungen im Fernsehen anschauen. Die platteste Slapstick-Comedy ist gerade gut genug und alles, was sie ansonsten zum Lachen bringt. Und meistens bringt sie das sehr schnell wieder auf die Beine.

-2-

Kearra genießt am nächsten Tag die Vorzüge des Wellnesshotels. Nach Schwimmen und Sauna gönnt sie sich noch eine Massage.

Als sie danach im Restaurant des Hotels zu Mittag isst, liegt das Magazin, in dem sie gestern gelesen hat, neben ihr. Etwas lustlos blättert sie durch die verbleibenden Seiten, aber es hat außer dem Artikel über das Lachen nichts interessantes mehr für Kearra zu bieten.

Gelangweilt schaut sie durch den Raum, als sie den Blick mit der älteren Dame am Nachbartisch kreuzt.

In Deutschland wäre dies ein Moment, der schneller verfliegt als der Flügelschlag eines Schmetterlings. In Irland hingegen ist es eine Aufforderung und Einladung ins Gespräch zu kommen.

„Haben Sie diese Zeitschrift schon ausgelesen?“, wird Kearra von der Dame angesprochen.

„Nicht wirklich ausgelesen. Ich habe den Leitartikel gelesen und gerade festgestellt, dass mich der Rest davon gar nicht mehr interessiert.“

„Um was ging es denn in dem Artikel, der Sie interessierte?“

„Es ging um Lachen. Welche positiven Auswirkungen Lachen auf unser Leben haben kann. Es kann sogar Schmerzen verringern und Entzündungen heilen. Ich meine, dass Lachen gut für uns ist, das weiß glaube ich jeder, aber dass man messbare Veränderungen im Körper wahrnehmen kann, hätte ich nicht gedacht“, führt Kearra aus.

„Darüber habe ich noch nie nachgedacht, ob man die Auswirkungen von Lachen messen kann. Spüren kann man sie schon sehr deutlich. Aber das wussten Sie doch bestimmt schon vor diesem Artikel, oder?“, fragt Kearras Gesprächspartnerin.

„Klar! Aber irgendwie erscheint mir dieser Artikel wie eine Erlaubnis Lachen wieder mehr in mein Leben zu integrieren. Schade eigentlich, dass ich das Gefühl habe, eine Erlaubnis dafür zu brauchen."

„Ja, das ist sehr schade. Wissen Sie, ich bin seit ein paar Wochen in Rente und was ich am Allermeisten vermisse, ist das gemeinsame Lachen mit meinen Kollegen. Jeden Tag, ach was sag ich, fast jede Stunde haben wir einen Grund gefunden, um zu lachen. Und jetzt ist es so ruhig geworden in meinem Leben."

„Wie? Sie haben in ihrer Arbeit gelacht?", fragt Kearra ungläubig. „Klar passiert mal etwas Lustiges und man lacht darüber, aber doch nicht so häufig, wie sie gerade erzählen."

„Na, aber Sie haben doch gerade von den positiven Aspekten des Lachens gesprochen, warum sollte man diese dann nicht im Arbeitsalltag einsetzen frage ich Sie?"

Kearra wusste darauf nichts zu erwidern und zuckte nur mit den Schultern.

„Wir waren ein tolles Team. Zehn Sachbearbeiter in drei Büros verteilt. Jeden Morgen konnte man darauf warten, dass einer von uns einen witzigen Morgengruß verteilt hat. Sei es ein Comic, den er in der Zeitung gefunden hat oder einen Witz, den er am Abend zuvor im Pub gehört hat. Mit so etwas beginnt der Tag gleich ganz anders."

Kearra versinkt in ihren Gedanken. Sie denkt darüber nach, wie sie früher dafür bekannt war ihren Kollegen genau solche Witze und Comics per Mail geschickt zu haben. Wann hat sie denn damit aufgehört und warum?

„Ist doch ganz klar!“, wirft ihr Anstandsgefühl ein. „Es gehört sich einfach nicht.“

„Außerdem, warum solltest du immer Diejenige sein, die andere zum Lachen bringt?“, fragt ihr Zweifel. „Die anderen können auch einmal etwas machen.“

„Weil es ansonsten auch keiner macht“, sagt ihre Freundlichkeit.

„Hallo! Sind Sie noch da? Wo waren Sie denn mit Ihren Gedanken?“, wird Kearra von ihrer Gesprächspartnerin aus den Gedanken gerissen.

„Hm, ja, entschuldigen Sie bitte vielmals. Ich habe darüber nachgedacht, dass ich das früher auch gemacht habe und überlegt, wann und warum ich damit aufgehört habe“, antwortet Kearra.

„Wie schade, dass Sie aufgehört haben!“

„Ja, ich glaube, irgendwann war mein berufliches Fortkommen wichtiger und ich habe versucht mit größerer Ernsthaftigkeit an die Arbeit zu gehen. Erst gestern hat mir eine Freundin erzählt, dass ich ein ganz anderer Mensch bin, wenn ich über meine Arbeit spreche. Aber irgendwie kommt es mir nicht richtig vor, so ein wichtiges Thema, wie die Arbeit auf die leichte Schulter zu nehmen, in dem ich darüber lache.“

„Aber, aber, meine Liebe, gerade weil das Thema Arbeit so wichtig ist, sollten Sie es auch einmal mit einem Augenzwinkern betrachten. Wie viel Zeit verbringen Sie auf Arbeit? Wahrscheinlich sehr viel mehr als in all den anderen Bereichen ihres Lebens. Wenn Sie dort keine Fröhlichkeit und Leichtigkeit fühlen können, haben Sie gar keine Zeit mehr für diese Gefühle!“

„Ja, ja, ja, ja!“, jubiliert Kearras Fröhlichkeit. „Endlich sagt es mal jemand. Und jetzt bleibe ich da. Keiner bringt mich mehr in die Versenkung zurück!“

„Sie haben Recht. Es kommt mir dennoch so vor, als wäre es nicht angebracht über Humor am Arbeitsplatz nachzudenken.“

„Ist es angebracht, motiviert seine Arbeit zu machen? Ist es angebracht mit seinen Kollegen als echtes Team zusammenzuarbeiten? Ich bin mir sicher, dass genau dies Humor schafft.“

„Sie haben Recht! Wissen Sie, in Irland kann ich es mir sogar vorstellen, dass es so läuft. Aber ich lebe und arbeite in Deutschland. Dort hat man eine ganz andere Mentalität.“

„Na, Sie dürfen aber doch wohl mit Ihrer Mentalität daran etwas verändern, oder nicht. Immerhin sind Sie Irin!“

„Ich habe Angst, dass mich meine Kollegen und meine Vorgesetzten nicht mehr ernst nehmen und ich dann... ja, was eigentlich."

„Das wollte ich Sie gerade fragen. Was passiert dann?"

„Ich wäre zum Beispiel nie Abteilungsleiterin geworden, wenn ich diese Einstellung gehabt hätte."

„Aber sie sind es heute. Denken Sie, dass das jemand verändern wird, nur weil Sie im Alltag anders agieren?", wird Kearra provozierend gefragt.

„Ja, nein, ich weiß es nicht. Das ist gerade meine Angst, ja. Aber andererseits kann ich mir das nicht vorstellen."

„Na dann können Sie es doch versuchen. Ich denke auch nicht, dass man sich so schnell von Ihnen trennen kann."

„Sie geben mir viel Stoff zum Nachdenken."

„Das freut mich. Man sollte viel öfter über Humor nachdenken und sich nicht ständig mit Drama, Streit und Ängsten beschäftigen."

„Wir unterhalten uns schon so lange. Ich weiß gar nicht, wie ich Sie ansprechen soll, kenne Ihren Namen gar nicht."

„Stimmt, wir haben uns noch gar nicht vorgestellt. Ich bin Hazel McDorsey."

„Freut mich Sie kennenzulernen. Kearra Winkler."

„Was halten Sie davon, Kearra, wenn wir uns zum Abendessen wieder hier treffen und es gemeinsam einnehmen? Passt Ihnen 20 Uhr?“

„Oh ja, das würde ich gerne. 20 Uhr passt mir sehr gut. Bis später Hazel.“

Den Kopf voller herumwirbelnder Gedanken verlässt Kearra das Restaurant. Sie sollte sich wirklich öfter mit humorvollen Dingen beschäftigen. Sie möchte den Tag wieder fröhlicher beginnen.

„Vielleicht soll ich anfangen, lustige Dinge an meine Kollegen und Mitarbeiter zu schicken. In jeder Zeitung gibt es doch Comics, da muss ich doch unterschiedliches finden und vielleicht machen die anderen ja auch mit?“

Ein neuer Gedanke taucht langsam am Rande ihres Bewusstseins auf: „Vielleicht kann ich lustige Episoden auch selbst aufzeichnen. Dann hätten wir unsere ganz eigenen Comics. Es gibt doch so viele Themen, über die man Zeichnungen oder Witze machen könnte. Gibt es eine bessere Umgebung, um Inspiration zu sammeln, als das, was in den Unternehmen passiert?“

Ihr fielen gleich mehrere Szenen ein, die man dafür verwenden könnte.

Vielleicht sollte sie dazu einen Comic zeichnen. Einen Skizzenblock hat sie ja seit ein paar Tagen.

Bevor sie diesen Gedanken überhaupt zu Ende gedacht hat, baut sich schon ein Bild vor ihrem geistigen Auge auf. Schnell räumt sie den kleinen Schreibtisch frei und setzt sich hin. Den restlichen Nachmittag ist sie damit beschäftigt ihre Idee so auf das Papier zu bekommen, wie es ihr gefällt. Am Ende kichert sie zufrieden vor sich hin. So lebendig hat sie sich schon lange nicht mehr gefühlt.

Sie macht ein Foto mit ihrem Handy und schickt den Comic ihrem Mann. Sie ist schon sehr gespannt, was er wohl dazu sagt.

Seine Antwort kommt prompt: „Sehr lustig. Aber wo findest du in Irland deutschsprachige Comics?“

„Selbst gezeichnet“, tippt Kearra als Antwort.

„Toll. Ich hätte gar nicht gedacht, dass du das kannst. Gefällt mir.“

Stolz liest Kearra die Nachricht ihres Mannes. Das motiviert sie erst recht weiter zu zeichnen.

- 3 -

„Hatten Sie einen schönen Nachmittag, Kearra?“, fragt Hazel, als sie sich an einen gemeinsamen Tisch gesetzt haben.

„Ja, stellen Sie sich vor, ich habe mich nach unserem Gespräch an den Schreibtisch gesetzt und einen Comic gezeichnet“, antwortet Kearra.

„Das klingt ja fantastisch. Und was haben Sie damit vor?“

„Ich habe mir gedacht, vielleicht sollte ich auch wieder öfter humorvolle Sachen an meine Kollegen verteilen.“

„Das klingt super. Sie werden sehen, dass sich die Stimmung unter ihren Kollegen sofort verbessert.“

„Das kann ich mir gut vorstellen. Aber es ist ja nur eine Kleinigkeit gesehen auf den ganzen Bürotag, wenn ich am Morgen etwas Lustiges versende“, wirft Kearra ein.

Nachdem sie ihr Essen bei der freundlichen Kellnerin bestellt haben, steigt Hazel wieder in das Gespräch ein.

„Ich glaube eine humorvolle Grundhaltung geht noch weiter. Es hört nicht dabei auf lustige Comics oder Videos zu verschicken auf. Ich glaube es ist eine Lebenseinstellung. Ein Freund von mir arbeitet als Clown. Er sagte mir mal, dass es drei Grundlagen für Humor gibt: erstens die Fähigkeit, über sich selber lachen, zweitens Situationen mit innerem Abstand zu betrachten und drittens eine gewisse innere Verbindung zur Kindlichkeit."

„Das klingt ja echt wie in einem Lebensratgeber. Die 3 Schritte zu mehr Fröhlichkeit", fasst Kearra zusammen.

„So ist es für mich wirklich. Wir haben uns darüber schon vor langer Zeit unterhalten. Damals habe ich in so etwas wie einer Krise gesteckt. Ich war gerade mit dem College fertig, war eine der wenigen Frauen, die eine berufliche Karriere und nicht nur Kinder zu bekommen anstrebte. Ich habe mich und das Leben viel zu ernst genommen. Darum konnte ich so gut nachvollziehen, was Sie heute Nachmittag sagten, dass Sie sich nicht vorstellen können, Karriere mit einer humorvollen Einstellung zu machen."

Kearra beobachtet Hazel überrascht. Sie wirkt so fröhlich, als wäre sie schon seit jeher lachend durchs Leben gelaufen.

„Heute kann man das gar nicht glauben, oder?", nimmt Hazel Kearras Überlegungen auf und Kearra nickt zustimmend.

„Ich hatte das große Glück, dass ich mich damals oft mit dem eben erwähnten Freund getroffen habe. Nach einem halben Jahr im Job, war ich innerlich aufgerieben. Ich habe mir jeden Tag alle Fehler, die ich gemacht hab vorgehalten. Sie waren alle in meinem Kopf gesammelt und warteten nur darauf ständig hervorzukommen. Natürlich macht man beim Einstieg ins Berufsleben Fehler. Das macht jeder so. Aber ich wachte nachts auf, weil ich mich wieder an eine harmlose Ungeschicklichkeit erinnerte und fing dann an mir alle meine Fehler aufzuzählen."

„Oh ja, ich erinnere mich an meinen Berufseinstieg, da ging es mir ähnlich", bestätigt Kearra.

„Ich weiß nicht, was aus mir geworden wäre, hätte mich mein Freund nicht dazu gebracht, dass ich anfange über mich selbst zu lachen. Er bohrte so lange nach, bis ich ihm meinen peinlichsten Fehler erzählte. Langsam und verlegen ließ ich es heraus. Und er lachte herzlich darüber. So sehr, dass ich irgendwann nicht mehr anders konnte als mitzulachen. Wir lachten so sehr, ich hätte mich ausschütten können vor Lachen. Und plötzlich war es, als sei ein Damm gebrochen. Plötzlich hatte ich das Gefühl, dass all die negativen Gefühle aus mir herausströmten und zurück blieb ein amüsiertes Gefühl. All die Peinlichkeit, die ich dachte, damit auf mich geladen zu haben, war plötzlich wie weggeblasen."

Kearra lässt die Worte auf sich wirken. Sie würde gerne mehr darüber nachdenken, was Hazel gerade gesagt hat, aber das einzige, an was sie denken kann ist die Frage, was dies wohl für ein peinliches Erlebnis war. Nur darf man so etwas nicht fragen. Andererseits, könnte Kearra mit dieser Frage testen, ob Hazel das Erlebnis wirklich verwunden hat.

„Was war denn dieses peinliche Erlebnis?“, überwindet sich Kearra zu fragen.

Hazel schmunzelt.

„Hm, ja, das war etwas damals. Ich musste meinen Chef auf eine wichtige Besprechung begleiten, um das Protokoll zu schreiben. Ich war so aufgeregt, ganz hibbelig, weil es das erste Mal war, dass er sich von mir begleiten ließ. Tagelang habe ich im Vorfeld darüber nachgedacht, wie ich mich an diesem Tag kleiden soll und habe mir vorgestellt, wie es sich anfühlt, mit all den wichtigen Personen am Tisch zu sitzen. Vor Aufregung habe ich viel zu viel getrunken, während die anderen gesprochen haben. So hatte ich auch den Mund voller Wasser, als einer der Teilnehmer etwas Lustiges sagte und den gesamten Inhalt meines Mundes über den Tisch spuckte.“

Hazel lacht so offenherzig, dass Kearra nicht anders kann als mit ins Lachen einzusteigen.

Glucksend vervollständigt Hazel ihre Geschichte: „Ich spuckte Wasser auf das Protokoll, das komplett durchweicht war und um den Gipfel der Peinlichkeit zu erreichen, spritzte das Wasser auch noch bis zur Krawatte meines Chefs. Aber es ging noch weiter. Ich konnte nicht mehr aufhören zu lachen, bis ich das Zimmer verließ, um mich zu beruhigen.“

Kearra kann die Peinlichkeit, die Hazel empfunden haben musste nachvollziehen. Aber sie sieht auch, wie gelöst sie jetzt mit ihr darüber spricht und lacht. Also muss sie das Erlebnis wirklich verwunden haben.

„So, jetzt sind Sie dran, haben Sie ein peinliches Erlebnis, das Sie immer noch rot anlaufen lässt?“, fragt Hazel daraufhin herausfordernd.

Kearra ist froh, dass die Unterhaltung von der Kellnerin mit dem Essen unterbrochen wird. Während sie essen, sprechen Sie über das Essen in Irland, über Kearras Reise und weitere Small-Talk-Themen.

Aber beim Absacker nach dem üppigen Essen kommt Hazel wieder auf das Gespräch zurück: „Sie schulden mir noch eine Erzählung zu einem peinlichen Erlebnis.“

„Okay, ich sehe schon, Sie lassen nicht locker“, lacht Kearra.

„Ich möchte einfach, dass Sie am eigenen Leib erfahren, wie wohltuend es sein kann, über sich selbst zu lachen.“

Kearra kramt in ihrer Erinnerung. Diese Erlebnisse sind normalerweise ganz tief in ihrem Inneren eingeschlossen, um nicht ständig daran denken zu müssen.

„Okay, mir fällt eine Situation ein, die wirklich peinlich war. Nachdem ich meine Tochter per Kaiserschnitt zur Welt gebracht habe, konnte ich gut 2 Jahre keine enganliegenden Hosen tragen. Als ich den ersten Tag wieder zurück in der Arbeit war, musste ich lange suchen, bis ich die richtigen Klamotten fand. Ich zog eine meiner Stoffhosen an und ließ den Knopf offen, da er mir zu sehr auf den Bauch drückte. Wir hatten eine Besprechung mit allen Kollegen an diesem Tag, in der sie mich wieder auf den Stand der Projekte bringen wollten. Als sie nach einer Stunde zu Ende war, stand ich auf und merkte noch im Aufstehen, wie mir die Hose davonrutschte."

Kearra ist mittlerweile knallrot im Gesicht. Sie schämt sich immer noch so dafür.

„Bis ich ganz stand, war die Hose schon komplett zu Boden gefallen. Ich zog sie schnell nach oben und verließ schnell den Raum in Richtung Toilette. Die meisten Personen waren schon aus dem Raum gegangen, ich glaube es haben höchstens zwei Kollegen mitbekommen, aber es war so peinlich."

Hazel konnte sich schon bei den letzten Sätzen kaum das Schmunzeln verkneifen. Jetzt lacht sie laut los.

Kearra spürt, wie Ärger in ihr hochkommt. Es war schon schlimm genug, sich wieder an dieses Erlebnis zu erinnern, aber jetzt auch noch ausgelacht zu werden, das geht echt zu weit.

„Ich bin mir sicher, dass sich deine Kollegen über diesen Einstieg sehr gefreut haben", vor lauter Lachen kann Hazel diese Worte nur sehr stockend aussprechen.

„Du hast ihnen also ein fulminantes Einstiegsgeschenk gemacht."

Kearra beobachtet Hazel dabei, wie sie darüber lacht und wie es so ist, wenn man jemanden beim Lachen beobachtet, man kann nicht verhindern, dass sich die Mundwinkel nach oben ziehen. Langsam überkommt auch Kearra ein Glucksen, bis sie schließlich ihre Hemmungen fallen lässt und auch laut loslacht.

„Ja, ich wollte zeigen, was ich habe", fügt Kearra lachend hinzu.

„Du hättest besser gleich ein Kleid angezogen, wenn du deine Beine herzeigen wolltest", macht Hazel weiter.

Während sie sich beide ausschütten vor Lachen, bemerkt Kearra, wie das Peinlichkeitsgefühl immer mehr in den Hintergrund tritt, bis sie es fast gar nicht mehr wahrnehmen kann.

Ihre Fröhlichkeit kommentiert dies belustigt: „Da siehst du mal, was ich für eine Macht habe."

-4-

Kearra freut sich darauf weiter zu reisen. Sie möchte unbedingt noch den Norden erkunden.

Als sie ihre Siebensachen zusammenpackt, kommt es ihr vor, als ob sie einen Kokon verlässt. Sie hat in den letzten zwei Tagen in diesem Raum so viel gelesen, gelernt und auch noch gezeichnet. Für

Kearra wirkt es so, als würde das ganze Wissen und die ganze Kreativität im Raum schweben. Stehende Wellen aus Kreativität und Wissen. Ob sie diese Energie mitnehmen kann, wenn sie dieses Hotelzimmer verlässt? Oder bleibt ein Teil davon zurück und die nachfolgenden Bewohner werden unbewusst darauf zugreifen? Sie werden das Zimmer im Bewusstsein verlassen, dass Humor ein wichtiger Bestandteil für das menschliche Leben ist. Ihnen wird vielleicht sogar ab und an ein Schmunzeln übers Gesicht huschen, wenn auch ein Stück von Kearras Lachen zurückbleibt.

Irgendwie beruhigt Kearra dieser Gedanke. Dann wäre nicht alles verloren von dem, was sie in diesem Hotel an Wundervollem erlebt hatte.

Beim Auschecken am nächsten Morgen bekommt Kearra noch eine Postkarte ausgehändigt. Sie ist von Hazel und auf ihr steht:

„Liebe Kearra, nicht vergessen. Die Grundlagen für Humor sind:

Über sich selbst lachen

Inneren Abstand gewinnen

Kindisch sein

Ich wünsche Ihnen viel Spaß dabei, ihren Humor und ihre Fröhlichkeit zurück zu gewinnen. Beste Grüße, Hazel."

Kearra freut sich sehr über diese Überraschung und platziert die Postkarte deutlich sichtbar auf der Konsole des Mietwagens.

Sie macht sich auf den Weg zurück in den Norden Irlands. Sowohl Sean, der Taxifahrer aus Belfast, als auch Abigail haben ihr geraten, dass sie auf jeden Fall die Küstenstraße nördlich von Belfast fahren soll. Ganz wundervolle Natur soll sie dort erwarten. Nach dem Treffen ihrer Freundin und dem Aufenthalt in einem belebten Hotel freut sich Kearra schon wieder darauf alleine unterwegs zu sein.

Zunächst fährt sie auf dem direkten Weg von Dublin nach Belfast und der führt über eine Autobahn. Die kurz nach der Grenze zu einer kleineren Bundesstraße wird. Kearra verspricht sich nicht viel von dieser Fahrt. Sie will vor allem schnell die Strecke nach Belfast zurücklegen. Aber dann ist sie doch überrascht davon, durch die Ausläufer der Mourne Mountains zu kommen und an der Stelle, als die Autobahn zur Bundesstraße wird, ein paar nette kleine Dörfer zu sehen.

Schneller als sie es gedacht hat, sieht sie auch schon die großen Kräne der Werft in Belfast. Ihre Strecke führt sie wieder mitten durch die nordirische Hauptstadt. Aber dieses Mal sieht sie vor allem die Stadtautobahn und die Industrie an deren Rande. Erst nachdem sie die nördliche Stadtgrenze erreicht hat, wird die mehrspurige Autobahn wieder zu einer kleineren typisch irischen Straße, die entlang der Bucht von Belfast nach Norden führt.

Nachdem sie die Stadtautobahn hinter sich gelassen hat, merkt Kearra, dass sie das konzentrierte Fahren angestrengt hat und sie eine kleine Pause brauchen könnte. Also beschließt sie in der nächsten Ortschaft anzuhalten.

Kearra muss nicht lange warten, schon fährt sie mitten durch Carrickfergus. Als sie eine alte Burgruine sieht, weiß sie, dass hier ein schöner Platz für eine Mittagspause ist und sucht sich einen Parkplatz. Sie sieht ein Pier, das in der strahlenden Sonne, die gerade aus der Wolkendecke bricht, sehr einladend aussieht, wie es an der Burgruine vorbeiläuft. Sie geht bis an dessen Ende, bis sie einen freien Blick auf die Bucht von Belfast hat. Neben zwei Anglern holt sie tief Luft und atmet die erfrischende Meeresbrise ein.

Der Platz lädt förmlich ein zum Ausruhen, also steigt Kearra auf den kleinen Mauervorsprung und lässt ihre Beine dort herabbaumeln. Ihre Gedanken gehen zum gestrigen Abend und der Postkarte von Hazel zurück.

Kearra reflektiert, wie es war mit Hazel über die peinliche Situation in ihrer Arbeit zu sprechen. Heute kann sie wirklich kaum noch Peinlichkeitsgefühl spüren, wenn sie daran denkt. Es ist eher so, dass sie wieder schmunzeln könnte über die Situation. Sie ist ja auch wirklich zu lustig.

Was war der zweite Punkt, den Hazel auf die Postkarte geschrieben hat? Inneren Abstand gewinnen. Hat sie das nicht automatisch erreicht, in dem sie darüber gelacht hat? Wahrscheinlich ist dieser Punkt so eine „Henne-Ei-Was war zuerst da?"-Thematik. Hätte sie nie darüber gelacht, hätte sie jetzt keinen so großen inneren Abstand. Hätte sie noch keinen inneren Abstand gehabt, hätte sie nicht darüber lachen können. Aber ja, sie kann verstehen, dass innerer Abstand hilft, Erlebnisse humorvoll zu sehen.

Kearra fällt wieder ein, wie beleidigt sie im ersten Moment war, als Hazel über ihr Erlebnis gelacht hat. Das war verletzend, aber nachdem Kearra selbst mit in das Lachen eingestiegen ist, war es okay, dass jemand anderes auch darüber lacht. Auch heute würde sie jedem verzeihen, der über diese Geschichte lacht. Ob das daran liegt, dass sie es geschafft hat, über sich selbst zu lachen? Hazel hat sie ja auch nur weiter zugehört, weil sie vorher mit ihr über Hazels Erlebnis lachen durfte. Da Hazel mit ihrem Humor bei sich selbst angefangen hat, war es einfach mit einzusteigen. Dadurch war ausgeschlossen, dass sie sich nur über Kearra lustig machen wollte.

Vielleicht hätte Hazel auf ihre Postkarte noch „Echter Humor beginnt immer bei sich selbst." schreiben sollen.

Über Andere zu lachen ist nicht in Ordnung. Denn dieser Humor würde ja nur aus ihrem eigenen Schubladen-Denken heraus entstehen. Da ist eine Person, die nicht in meine vorgefertigten Schubladen passt, also darf ich über sie lachen. Das will Kearra auf gar keinen Fall. Seit sie denken kann, versucht sie zu vermeiden, andere Leute zu verurteilen und in Schubladen zu stecken. Das will sie nicht verändern.

„Aber wenn du über dich selbst lachst, dann lädst du alle ein mitzumachen, so wie Hazel gestern“, fasst ihre Fröhlichkeit zusammen. „Damit können wir arbeiten.“

„Dies ist dann befreiender, Grenzen einreißender und verbindender Humor“, denkt Kearra.

„Das gefällt mir auch“, fügt das „Hier-und-Jetzt-Gefühl“ hinzu. Kearras Zufriedenheit seufzt nur wohlig und alle anderen Gefühle sind seltsam still geworden an diesem Tag.

-5-

Kearra fährt weiter die Küstenstraße entlang. Zunächst gibt es außer Feldern, Wiesen, Hecken und ab und an einen kurzen Blick auf das Blau des Meeres nicht viel zu sehen. Aber dann wird die Straße mit einem Mal spektakulär. Zwischen schroffen Felsen und aufgewühlter See führt die Straße immer schmaler werdend entlang. An einer Stelle, an der die Gischt über die Felsen sprüht, hat Kearra das Gefühl anhalten zu müssen. Wahrscheinlich geht es vielen so, denn es ist auch prompt ein Parkplatz vorhanden.

Trotz vieler Warnschilder, die eindrücklich demonstrieren, was passiert, wenn man von den Felsen herunterfällt, steigt Kearra ein gutes Stück auf die Felsen. Die Luft ist jetzt angereichert von Salz, Algen und Meerestieren. Überall an den Felsen die bestimmt sehr oft von der Irischen See überspült werden kleben Muscheln oder Algen.

Obwohl der Tag relativ windstill und mittlerweile sehr sonnig ist, ist die See so aufgewühlt, dass sich die Gischt wie ein Schleier auf Kearras Gesicht legt.

Kearras irische Seele fühlt sich mehr zu Hause als auf der gesamten bisherigen Reise. Sie bleibt stehen und genießt es die Elemente um sich herum zu spüren. Hätte sie eine Statusanzeige für ihr inneres Energielevel, würde es in diesem Moment einen aufgefüllten Akku anzeigen. Kearra ist wieder ganz ins Hier und Jetzt gesunken und genießt die Natur um sich herum.

Nur langsam löst sie sich aus diesem Zustand und geht zum Auto zurück, schon jetzt wehmütig, weil sie solche Situationen in Deutschland wahrscheinlich sehr vermissen wird.

Auch nach diesem Abschnitt geht die Straße in wundervollen Bahnen weiter, schlängelt sich an der Felsküste entlang und wieder zeichnet die Sonne wundervolle Farben in die Landschaft.

Kearra fährt an diesem Tag fast die gesamte Küstenstraße entlang. Kurz vor deren Ende, nimmt sich Kearra ein Zimmer in einem kleinen Hotel.

Nach einem warmen Abendessen kommt Kearra zurück in ihr kuscheliges Zimmer und möchte wieder einen Comic zeichnen.

In ernster Konzentration setzt sie sich an den Schreibtisch und starrt verbissen auf das weiße Blatt Papier, das vor ihr liegt.

Auch nach einer halben Stunde starrt sie das Papier noch auf die gleiche Art an und wird immer frustrierter.

„Ich muss doch etwas Lustiges finden, das ich aufzeichnen kann“, fordert sie sich selbst auf.

Nur ist das mit dem Humor so eine Sache. Je mehr er gezwungen wird, desto weniger kommt er hervor.

Nach weiteren langen Minuten pfeffert Kearra ihren Stift ins Eck und geht ins Bett.

„Von wegen, man kann alles humorvoll sehen, wenn man nur inneren Abstand hat. Habe ich hier gerade nicht den größten Abstand von meiner Arbeit, den man sich vorstellen kann? Und trotzdem fällt mir keine Situation ein, die lustig wäre“, schimpft Kearra mit sich. „Innerer Abstand, ... pah!“

Da fällt ihr plötzlich auf, dass innerer Abstand und äußerer Abstand etwas ganz anderes sind. Äußerlich befindet sie sich weit entfernt von ihrer Arbeitsstätte, nur innerlich ist sie kaum distanziert. Wenn sie an die Situationen in ihrer Arbeit denkt, fühlt sie sich gleich persönlich betroffen. Die Verbissenheit, mit der sie gerade das Blatt Papier angestarrt hat, erinnert sie sehr an die Verbissenheit, mit der sie in ihrer Arbeit vorgeht.

Sofort tauchen ihre Ernsthaftigkeit, ihr Verantwortungsgefühl und ihr Anstand auf und erklären Kearra, wie wichtig es ist, weiterhin mit dieser Energie an den Themen ihrer Arbeit festzuhalten.

Kearras Fröhlichkeit würde diese Gefühle am liebsten ins Exil verbannen.

Und plötzlich entsteht ein neues Bild vor Kearras Augen: Sie sieht ihre Gefühle auf einer Bühne stehen und für ihre Daseinsberechtigung kämpfen. Sie sieht ihre Ernsthaftigkeit in einer grauen Rüstung mit todernstem Gesicht ein Schwert vor sich halten. Ihr Anstand geht mit sehr elitären Bewegungsabläufen langsam auf die anderen zu, während er demonstrativ das Schwert zeigt. Das Verantwortungsgefühl steht mit großem Selbstbewusstsein in der Ecke. Es zeigt keine Kampfhandlung, sondern redet auf alle Anwesenden ein, dass sie sich bewusst sein sollen, welche Verantwortung sie hier tragen. Die Fröhlichkeit auf der anderen Seite ist in bunte Fetzen gekleidet und fuchtelt so stark in der Luft herum, dass die Kämpfer keine Angriffspunkte finden können.

Kearra lacht aus vollem Herzen über dieses Bild in ihrem Kopf und ihre Verbissenheit verschwindet mit einem Mal.

„Ich glaube ich habe einen Weg gefunden, wie ich inneren Abstand gewinnen kann“, denkt sich Kearra. „Ich stelle die Situation gedanklich auf eine Bühne und betrachte sie aus dem Publikum.“

Als Kearra mit dieser Betrachtungsweise an die Situation an ihrem Schreibtisch denkt, muss sie wieder herzhaft lachen. Sie sieht eine Frau allein an einem Tisch sitzen. Sie möchte so gerne humorvoll sein. Sie strengt sich so sehr an, etwas Lustiges zu denken, dass sie ganz verkniffen aussieht. Die Frau verzweifelt und schaut sich um nach einer Lösung. Sie blättert durch einige Bücher auf ihrem Schreibtisch, kann aber den Humor nicht mehr finden. Im Publikum ruft ein Mann, der schon Tränen lacht, über die Ironie der Situation: „Das was du suchst, kannst du nicht in Büchern finden, nur im echten Leben." Die Frau auf der Bühne reagiert nicht darauf, sondern blättert nur umso energischer durch die Seiten. Humor, sie muss doch etwas über Humor finden. Schließlich als Kearra auch über die Situation lacht, steht sie auf, verbeugt sich und fängt an mit zu lachen.

-6-

Früh am nächsten Morgen macht sich Kearra auf den Weg aus dem Hotel. Sie freut sich auf die Naturwunder des Nordens, von denen sie schon oft Bilder gesehen hat, aber die für sie immer in weiter Ferne waren, durch die Ausschreitungen in Nordirland. An diesem Tag will sie sich viel Zeit dafür nehmen.

Zunächst fährt sie auf Anraten der Hotelbesitzerin zur Carrick-O-Rede-Hängebrücke. Sie führt auf eine kleine Insel, die schon immer zum Fangen von Lachsen verwendet wurde, da die Insel direkt im Weg der Lachsroute liegt und ein Teil der Lachse zwischen Insel und Festland entlang schwimmt und somit leichte Beute sind.

Heutzutage ist es nur noch ein Touristenort, aber sie hat beschlossen an diesem Tag ganz touristisch unterwegs zu sein, also kann sie das nicht auslassen.

Ein wenig enttäuscht ist sie davon, dass die Hängebrücke so gut gesichert ist. Es ist kaum noch eine Überwindung darüber zu laufen. Aber die schäumende See unter sich zu haben, ist dann doch aufregend und auf der kleinen Insel sieht sie sehr viele Vögel, die sie in Deutschland nie sieht und die sie an ihre Kindheit und Jugend erinnern.

Der Weg, den sie danach nimmt, führt an einem spektakulären Strand vorbei. Sie parkt auf einer Anhöhe und sieht unter sich einen sehr breiten weißen Sandstrand und davor ein stark aufgewühltes Meer. Dieser Strand sieht so einladend aus, dass sie kurzerhand den schmalen Weg, der über Treppen nach unten führt, nimmt, um einen längeren Spaziergang an diesem Strand zu machen. Mit jedem Schritt näher, werden die Geräusche der brechenden Wellen lauter. Sie erschaudert fast vor der Gewalt, mit der die Wellen hereinbrechen. Der Strand schaut von oben so einladend aus, aber wenn man hier unten steht, spürt man die Gewalten der Natur. In dieser Gegend treffen Atlantik, Nordsee und Irische See aufeinander. Das weiß Kearra, aber sie hatte keine Vorstellung davon, was dies für eine Auswirkung auf das Meer haben könnte.

Die große Anzahl an Warnschildern, die eindringlich darauf hinweisen, wie gefährlich es ist, hier dem Meer zu nahe zu kommen, hätte sie gar nicht gebraucht. Sie spürt am ganzen Körper die Kräfte der Natur.

Langsam verabschiedet sie sich von dem wilden Stück Natur, weil sie weiß, dass das Highlight dieses Tages noch auf sie wartet. Sie beginnt mit dem Aufstieg zurück zum Parkplatz und merkt erst an ihrem keuchenden Atem, wie weit sie herabgestiegen ist, um zu diesem Strand zu kommen.

Kearra fährt nur noch ein paar Kilometer weiter. Sie möchte den Giant‘s Causeway besuchen. Eine ganz besondere Basaltformation. Sechseckige Säulen bilden dort nebeneinander einen Teppich, der bis ins Meer hineinführt. Man kann darüber laufen wie auf Treppen und die Wunder der Natur bewundern. Hierher wollte Kearra schon lange kommen.

Als sie an dem groß angelegten Parkplatz ankommt, wird ihre aufgeregte und kribbelige Stimmung etwas getrübt von dem Trubel, der an dieser Sehenswürdigkeit herrscht.

Ihre Vorstellung von dem Ort war wild-romantisch. Sie hat sich vorgestellt, einsam und allein die Basaltformationen zu genießen. Aber in Wirklichkeit wirkt es dort eher wie ein Freizeitpark. Es gibt ein Ausstellungscenter, überteuerte Parkmöglichkeiten und viele Führungen.

„Natürlich wollen andere Menschen diesen Ort besuchen. Das ist doch kein Wunder“, denkt sich Kearra. Aber eine kleine Enttäuschung bleibt dennoch zurück.

Sie bezahlt ihr Parkticket und macht sich dennoch auf den Weg. Sie versucht die große Anzahl an schwatzenden Leuten um sich herum auszublenden und nur die Natur zu sehen. Es warten auch gleich schon eindrückliche Felsformationen auf sie, als sie den Weg entlangwandert.

Als sie schließlich am eigentlichen Naturwunder ankommt, vergisst sie wirklich kurzerhand die Menschen um sie herum. Fast perfekte, sechseckige Säulen wachsen aus der Erde. Die Oberflächen sind ausgewaschen vom Meer, aber man kann die Symmetrie noch gut erkennen.

Sie betritt die Basaltsäulen sehr ehrfurchtsvoll. Ein Teil von ihr möchte sie nicht betreten, um nichts kaputt zu machen, aber ein anderer Teil will unbedingt wissen, wie es sich anfühlt darüber zu laufen.

Da alle Menschen um sie herum auch munter darauf herumspazieren, läuft sie auch los. Es fühlt sich komisch an und sie hat keinen so guten Tritt, wie sie erwartet hatte. Aber die Vorstellung über all diese perfekten Säulen zu laufen ist fantastisch.

Nachdem sie sich sattgesehen hat, geht sie den Weg noch etwas weiter und sieht noch andere schöne Basaltformationen eingebunden in Felsen.

Nachdem wunderschönen Spaziergang fühlt sie sich gleichermaßen erholt und erschöpft. Genau die richtige Stimmung, um den Tag zu beenden mit einem schon lieb gewonnen Ritual: Bed & Breakfast suchen, Abendessen, die Ruhe des Abends genießen, um nachzudenken. Vielleicht fällt ihr nach all den Eindrücken heute auch wieder etwas aus ihrem Alltag ein, worüber sie lachen kann.

-7-

Nach einem irischen Frühstück plant Kearra die Route, die sie an diesem Tag nehmen möchte. Es soll nicht der direkte Weg nach Galway zu ihren Eltern sein. Sie möchte sich auch für diesen Weg Zeit nehmen und unterwegs noch etwas sehen. Also verlässt sie die Hauptstraßen und begibt sich auf ein Abenteuer über die Landstraßen Irlands. Sie richtet sich grob nach Richtung Westen aus, aber ansonsten entscheidet sie an jeder Kreuzung neu.

Die erste Stunde fährt sie an wenig spektakulären Industriegebieten und später an großen Bauernhöfen vorbei. Dennoch genießt sie das Gefühl der Freiheit, ohne Plan unterwegs zu sein. Auf diese Art und Weise kann man die schönsten Orte entdecken. Seit Ewigkeiten ist sie nicht mehr so spontan gewesen.

Als sie einen Feldweg findet, der in Richtung Westen weitergeht, nimmt sie ihn kurzerhand. Es geht vorbei an Feldern und Wiesen in einer leicht hügeligen Landschaft. Während sie den Blick noch in die Weite schweifen lässt, sieht sie knapp vor sich ein herunterhängendes Schild, auf dem ein Pfeil die Richtung zu einem Steinkreis anzeigt.

„Genau das Richtige!“, denkt sich Kearra. „Sie war schon lange nicht mehr bei einem Steinkreis.“

In ihrer Jugend in Galway ist sie öfter mit Abigail zu Steinkreisen oder Dolmen gewandert. Davon gibt es in Irland so viele, dass sie kaum jemals irgendwo touristisch beschrieben sind. So ungefähr wie in Bayern Maibäume, die es in jedem Dorf gibt und die für niemanden, der dort lebt, erwähnenswert sind. Aber im Gegensatz zu Maibäumen, die in jeder Dorfmitte zu finden sind, kann es schwer werden, die Steinkreise zu finden. Jedes Mal ist es eine neue Herausforderung diese Orte zu entdecken. Kearra und Abigail haben früher immer darüber gescherzt, dass diese tausende von Jahre alte keltische Orte sich zu verstecken wissen und nur zeigen, wenn sie es möchten. Manchmal konnten die Freundinnen Plätze, die sie schon mal besucht haben, einfach nicht mehr finden. Dann wieder standen sie plötzlich aus dem Nichts vor einer alten keltischen Stätte, an einer Stelle, an der sie schon öfter vorbeigegangen sind und nichts gesehen haben.

Dieser Steinkreis hat Kearra auf sich aufmerksam gemacht und will sie offensichtlich zu sich locken. Sie parkt das Auto an einer breiten Stelle des Feldweges. Von dort aus blickt sie sich um. Noch ist kein Anzeichen von der Sehenswürdigkeit zu sehen. In der Ferne entdeckt sie eine kleine Lücke in den gelbblühenden Ginsterhecken. Sie fängt an dorthin zu laufen und je näher sie kommt, desto deutlicher sieht sie den Trampelpfad, der zwischen dem Ginster im Dunkel verschwindet. Der gesamte Weg ist von Ginstern überwachsen. Es schaut wunderschön aus, wenn auch etwas unheimlich. Mit gebücktem Kopf betritt Kearra den Weg und stellt schnell fest, dass sie gut aufrecht gehen kann. Auch ist der Weg gar nicht so düster. Es finden genügend Sonnenstrahlen den Weg zwischen den Zweigen hindurch. Die Hecke dämpft alle Geräusche und Kearra kommt sich vor, als würde sie in eine andere Welt laufen.

Plötzlich nach einer kleinen Kurve, steht sie wieder unter freiem Himmel und vor einer Anhäufung von großen Findlingen, die einen perfekten Kreis bilden.

„Andreas würde an dieser Stelle nur von einem Haufen Steine sprechen, aber das hier ist wunderschön“, denkt sich Kearra.

Langsam geht sie näher an den ersten Stein und berührt ihn leicht. Andächtig umrundet sie den Kreis und setzt sich schließlich auf die Wiese in seiner Mitte.

Kearra hat komplett das Gefühl für die Zeit verloren. Sie ist wieder ganz in ihrem Hier-und-Jetzt-Gefühl angekommen. Ihr kommt es so vor, als ob sie Nichts und Alles ihrer Umgebung wahrnehmen kann. Es ist wieder so, als ob gleichzeitig viel und wenig Zeit vergeht. Es hat keine Bedeutung mehr für sie und alle Anspannung fällt von ihr ab.

Nachdem sie sich eine Weile in diesem Gefühl verloren hatte und dabei komplett entspannen konnte, viel besser als im Wellness-Hotel, steht sie langsam wieder auf und geht den Trampelpfad zurück.

Sie verlässt den Ort mit einem wundervollen Gefühl des Vertrauens und der Ruhe. Sie dreht sich noch einmal um und fotografiert den Ort. Das Bild strahlt nichts von dem aus, was sie gerade erlebt hatte, aber vielleicht kann es sie irgendwann einmal wieder an dieses Gefühl, das sich jetzt in ihr ausbreitet, erinnern.

-8-

Sehr spät am Abend kommt sie voller neuer Eindrücke bei ihren Eltern an. Wie immer bleibt sie kurz vor ihrem Elternhaus stehen und genießt den Anblick. Ihr fällt auf, wie sehr sie es vermisst hatte hier zu sein. Das Gefühl übermannt sie geradezu, als sie zur Haustüre geht und klingelt. Durch die Glasscheibe der Türe sieht sie ihre Mutter auf sich zukommen. Erschrocken stellt sie fest, wie sie schon wieder gealtert ist. Aber immer noch umspielt dieses bezaubernde Lachen ihren Mund. Auch wenn die Falten, die dieses bilden, immer tiefer werden.

Im nächsten Moment findet sie sich in einer festen Umarmung wieder und versucht sich langsam aus den Armen ihrer Mutter zu befreien.

„Es war viel zu lange seit du das letzte Mal hier warst!“, wirft ihr ihre Mutter vor.

Kearra lacht: „Ich weiß, wie immer.“

Hinter ihrer Mutter taucht ihr Vater auf und sie findet sich erneut in einer engen Umarmung, die sie fast erdrückt.

Ihre Mutter scheucht ihren Vater schon im nächsten Moment in die Küche: „Hast du schon das Wasser aufgesetzt für den Tee?“

Kearra schmunzelt. Natürlich, der Tee ist das Wichtigste bei Besuch. Kurz darauf sitzt sie mit einer dampfenden Tasse am Küchentisch und beantwortet die Fragen, die im Stakkato auf sie zukommen.

„Hattest du eine gute Fahrt?“ „Wie geht es Andreas?“ „Was sagt er, dass du plötzlich allein Urlaub machst?“ „Wie geht es den Kindern?“ „Hat sich unsere Enkelin Orla gut in München eingelebt?“ „Achtest du auch darauf, dass sie genügend Geld hat?“ „Und was macht Noah? So jung und schon ganz allein in einem anderen Land?“

Kearra beantwortet die Fragen so gut sie kann und zeigt Fotos von Orlas Wohnung und Noahs Gastfamilie. Langsam kann sie die Gemüter ihrer Eltern beruhigen.

„Das Reisen hat dir gutgetan“, sagt ihr Vater irgendwann. „Du schaust gar nicht mehr so verkniffen aus wie sonst, wenn du zu Besuch kommst.“

Kearras Mutter wirft ihrem Vater einen bösen Blick zu und versucht ihn durch ein aufgebrachtes „Schhhh!“ zur Ruhe zu bringen.

„Ist doch wahr!“, verteidigt er sich. „Normalerweise kommt sie hier an und ich erkenne sie kaum wieder vor Ernsthaftigkeit. Erst nach ein paar Stunden wird sie wieder zu meiner fröhlichen Kearra. Heute ist sie gleich schon so.“

Kearras Mutter wirft ihrem Mann weiter giftige Blicke zu. Aber Kearra lacht nur. Sie hat es an sich selbst in den letzten Tagen gemerkt.

„Passt schon“, sagt sie zu ihrem Vater. „Du hast ja Recht. Das ist mir in den letzten Tagen auch aufgefallen. Aber ich habe fest vor, diese Stimmung mit nach Deutschland zu nehmen. Ich habe keine Lust mehr auf Verkniffensein.“

Im nächsten Moment denkt sich Kearra, dass sie irgendetwas braucht, um sich in Deutschland weiterhin daran erinnern zu können. Irgendetwas muss sie hier von der Insel mitbringen, damit sie an ihrem Arbeitsplatz immer an diese Stimmung denkt.

„Dad, du musst mir morgen helfen eine Erinnerungsstütze zu finden, die ich nach Deutschland mitbringen kann. Ich kann ja schließlich nicht dich auf meinen Schreibtisch setzen, damit du auf den Tisch haust, wann immer ich verkniffen schaue."

„Ich würde das schon machen", scherzt ihr Vater.

„Ja klar, du willst dich nur vor der Hausarbeit drücken", steigt ihre Mutter in die Unterhaltung ein.

„Dann mache ich halt einfach einen Halbtagsjob daraus. Vormittags haue ich Kearra auf den Tisch, wenn sie sich und ihre Arbeit zu ernst nimmt und nachmittags räume ich die Spülmaschine aus."

Kearra beobachtet die Unterhaltung amüsiert, aber bei der Aussage, dass sie sich und ihre Arbeit zu ernst nimmt, zuckt sie zusammen. Wieder dieses Thema, das sie schon die letzten Tage beschäftigt hat.

„Pa, du hast doch deine Arbeit auch immer ernst genommen", wirft sie ein.

„Ich habe sie respektvoll gemacht, aber es gab vieles, worüber ich gelacht und mit meinen Kollegen gescherzt habe. Wenn wir das nicht gemacht hätten, wären wir verrückt geworden."

Er lacht vor sich hin.

„Weißt du, wir hatten mal einen Chef, dem sind alle seine Mitarbeiter am Arsch vorbeigegangen. Er hat sich um niemanden gekümmert. Da bleibt einem doch nichts anderes über, als sich etwas zu überlegen, wie man darüber scherzen kann. Also haben meine Kollegen und ich ein Spiel erfunden, das „am Arsch-Vorbeigeh-Spiel". Wer den Chef von hinten passierte, also an seinem Hinterteil vorbeiging, bekam AAV-Punkte – Am-Arsch-Vorbei-Punkte."

„Pa, das ist kindisch und beleidigend eurem Chef gegenüber", ruft Kearra ablehnend.

„Nein, Kind, das Verhalten unseres Chefs war beleidigend uns gegenüber. Wir haben einen Weg gesucht, damit klar zu kommen, ohne uns den Tag versauen zu lassen."

„Aber kindisch ist es auf jeden Fall!"

„Weißt du, ich finde jeder Erwachsene sollte sich ein wenig Kindisch-Sein behalten. Denn, Kinder lachen so viel mehr als Erwachsene. Ich habe mal irgendwo gelesen, dass Kinder bis zu 400-mal am Tag lachen und Erwachsene maximal 15. Das ist doch sehr schade. Da kann es doch nichts schaden, sich ein bisschen was von Kindern abzuschauen."

„Hm, wahrscheinlich hast du Recht, Pa", antwortet Kearra. „Aber es kommt mir trotzdem komisch vor, zu sagen, dass man im Job kindisch sein soll."

„Dann nenne es halt ‚verspielt sein', wenn das besser für dich klingt."

„Also bitte, ‚Spielen' hat ja jetzt wirklich nichts mit Arbeit zu tun", wirft Kearra ein.

„Doch hat es sehr wohl. Denn damit kommt Spaß und Freude in den Alltag."

„Also, wenn ich mich daran erinnere, wie wir das letzte Mal mit Erwachsenen Monopoly gespielt haben, dann hat das nichts mit Spaß zu tun. Alex spricht seitdem nicht mehr mit Toni. Sie haben sich während des Spiels so in die Haare bekommen, dass sie seitdem unversöhnlich sind“, antwortet Kearra.

Ihre Mutter, die gerade wieder zum Tisch zurückkommt, erwidert darauf: „Daran siehst du doch, wie blöd Erwachsene sein können, wenn sie nicht kindisch sind. Wenn selbst ein blödes Brettspiel zu ernst genommen wird. Wenn das Siegen-Wollen jeglichen Spaß am Spiel verdirbt.“

„Pa, habt ihr euch noch andere Spiele einfallen lassen?“, fragt Kearra neugierig.

„Ja, ständig. Hm, lass mich mal überlegen, welche ich dir noch erzählen kann, ohne dass du mir vorwirfst, dass wir andere Leute beleidigen. Ach ja, wir haben zum Beispiel öfter Bingo gespielt. In Betriebsversammlungen haben wir vorher gewettet, welche Aussagen wie oft vorkommen. Wie oft sagt die Geschäftsleitung zum Beispiel ‚Ziele‘.“

„Ich wäre so beleidigt, wenn meine Mitarbeiter das bei meinen Vorträgen machen würden“, antwortet Kearra.

„Ja, weil du dich viel zu ernst nimmst. Das wäre ein Moment für mich auf deinen Tisch zu hauen, wenn ich in meinem Nebenjob bei dir wäre.“

-9-

Am nächsten Morgen erwacht Kearra mit Geräusch hektischen Werkelns ihrer Mutter in der Küche.

„Sie kann es mal wieder nicht lassen und bereitet uns ein großes Frühstück vor“, denkt sich Kearra verschlafen.

Während sie sich streckt und langsam im Bett aufsetzt, erinnert sie sich an das Gespräch vom Abend vorher. Nachdem sie diese Nacht in ihrem Kinderzimmer geschlafen hat, fühlt sich Kindisch-Sein gar nicht mehr so abwegig an, wie noch gestern Abend.

Sie erinnert sich an all die Streiche, die sie als Kind gespielt hat und welche Freude sie dabei hatte. Sie fühlt sich losgelöst und frei.

Eines ihrer liebsten Phantasiespiele in der Kindheit war es „Arbeit zu spielen“.

Immer, wenn sie ihren Vater dabei beobachtete, wie er in die Arbeit ging, dachte sie sich aus, was dort alles passieren würde. Später mal, nachdem sie ihn in seinem Büro besucht hatte, baute sie ihre Puppen so auf, als säßen sie im Großraumbüro und hätten Spaß miteinander. Was für einen anderen Grund könnte es denn ansonsten geben, dort jeden Tag so viele Stunden zu verbringen. Das Kind Kearra konnte es kaum erwarten selbst endlich arbeiten zu dürfen, denn in ihrer Vorstellung war das jeden Tag die hellste Freude. So ungefähr wie für sie im Kindergarten.

„Schade nur, dass ich irgendwann festgestellt habe, dass es dort sehr viel ernster zugeht“, denkt sich Kearra. „Wobei, vielleicht hätte ich doch etwas von der Stimmung in meinem Puppen-Büro mit an meinen Arbeitsplatz nehmen sollen, dann würde es mir mehr Freude bereiten dort jeden Tag hinzugehen.“

-10-

Am Nachmittag besucht Kearra ihre Freundin Abigail.

„Erzähl mal, wie hat dir das Hotel, das ich dir empfohlen habe, gefallen?“, fragt sie Abigail nach der Begrüßung.

„Es war schön und sehr entspannend. Ich konnte richtig gut entspannen. Dort habe ich auch eine wundervolle Frau kennengelernt, mit der ich mich über Humor unterhalten habe. Erinnerst du dich noch, dass ich das Magazin mit dem Leitartikel übers Lachen gekauft habe? Das war der Einstieg in eine wundervolle Unterhaltung mit Hazel.“

„Das klingt super. Und natürlich erinnere ich mich an das Magazin. Erst gestern habe ich daran gedacht, als ich im Internet einen Artikel über Humor-Bausteine gelesen habe. Ich habe ihn für dich ausgedruckt, weil ich mir schon dachte, dass dich dieses Thema weiter interessiert.“

„Du kennst mich einfach zu gut!“, lacht Kearra.

Sie erzählt ihrer Freundin, ausführlich über die Unterhaltung mit Hazel und ihre Gedanken der letzten Tage.

„Mensch, das ist ja fantastisch. Jetzt ließt du noch etwas über die Humor-Bausteine und dann kannst du das alles einfach nachmachen“, kommentiert Abigail ihre Ausführungen.

„Wenn das mal so einfach wäre“, seufzt Kearra. „Ich habe noch keine Vorstellung davon, wie das gehen könnte.“

„Denk dir nichts, das wirst du schon noch herausfinden“, muntert sie Abigail auf. „Und vergiss nicht mir alles zu erzählen. Ich möchte unbedingt wissen, wie es dir gelingt.“

Damit lässt Kearra das Thema ihrer Arbeit für den restlichen Nachmittag fallen. Sie hat gerade das Gefühl, dass sie in einer Zeit des Lernens ist und noch gar nicht darüber sprechen kann, was sie dabei empfindet. Sie spürt, dass Veränderungen in ihr vor sich gehen, aber sie kann sie noch nicht greifen. Vielleicht sollte sie das auch gar nicht. Wahrscheinlich ist es einfach das Beste sich selbst Zeit zu geben, um die neuen Ideen Wurzeln fassen zu lassen. Bevor man die ersten Blüten einer Sonnenblume sehen kann, passiert auch viel, was noch nichts mit der blühenden Pracht zu tun hat. Keime entstehen, Wurzeln werden gebildet, Keime streben nach oben und erst irgendwann viel später, nachdem schon fast die gesamte Arbeit getan ist, kann man die Blüte erahnen und noch später sehen.

<<Artikel von www.irishpeoplehavinghumor.com „So nimmst du dein Leben locker!“

Folgende Bausteine gibt es, um humorvoll in jeder Alltagssituation zu sein:

Humor-Bausteine: (1) Übertreiben, (2) Untertreiben, (3) Mimik/ Gestik passen nicht zum Gesagten, (4) Mit den Erwartungen spielen, (5) Fantasie-Geschichten erfinden

Stellen Sie sich eine beliebig nervige Situation vor und dann versuchen Sie diese Bausteine anzuwenden. Damit wir gemeinsam darüber sprechen können, erfinde ich jetzt einfach eine nervige Situation für Sie. Ihr Chef lädt Sie zu einem Meeting ein, um mit Ihnen zu besprechen, was bei dem Projekt schief gegangen ist, welches Sie betreut haben. Er steht ordentlich unter Strom und lässt diesen Druck direkt an Ihnen aus, in dem er Sie sofort angreift. Mit saurer Miene frägt er sie: „Was haben Sie denn hier schon wieder falsch gemacht?“

Sie könnten jetzt mit einer Rechtfertigung reagieren. Doch irgendwie enthält eine Rechtfertigung immer eine Entschuldigung, daher versuche ich diese, wo immer es geht, zu vermeiden. Außer es gibt einen Grund dafür, mich zu entschuldigen. Aber auch hier ist die Situation mit einer ehrlich gemeinten Entschuldigung schneller aus der Welt geschafft, als mit einer Rechtfertigung.

Wie könnten Sie humorvoll auf den Angriff Ihres Chefs reagieren?

Verwenden wir die Humorbausteine:

(1) Übertreiben: Ihre Antwort: „Ja, Sie haben Recht. Ich bin schuld. Ich habe dafür gesorgt, dass die Projektpartner in Konkurs gingen, dass die Messergebnisse nicht das erwartete Ergebnis lieferten und, dass mein Kollege gekündigt hat. Das war ganz schön anstrengend, aber auch ein gutes Gefühl. Ich konnte mich ein wenig wie Gott fühlen.

(2) Untertreiben: Diese Option funktioniert nur, wenn Ihrem Gegenüber auch klar ist, dass Sie sehr kompetent sind. Aber dann könnten Sie folgende Antwort ausprobieren: „Ja, das war aber klar, weil damals, als ich meine Schulbildung abbrach, um auf der Straße zu leben, habe ich wahrscheinlich das Wissen über richtige Projektplanung verpasst."

(4) Mit den Erwartungen spielen: Ihre Antwort könnte auch sehr frech ausfallen. Ihr Chef erwartet von Ihnen eine Rechtfertigung oder ein Schuldeingeständnis. Dann geben Sie es ihm einfach auf humorvolle Art und Weise: „Ja, sie haben Recht. Ich war ein sehr unartiges Kind!"

(5) Fantasie-Geschichten erfinden: „Aber nur, weil mich Aliens entführt haben und dann mein Gehirn mit Klopapier aufgefüllt haben. Ich brauche noch ein wenig, um wieder Wissen aufzubauen, das nicht mit Fäkalien zu tun hat." Und dazu machen Sie ein extrem ernstes Gesicht, wie im Baustein (3) beschrieben.

Ob Sie mit diesen Methoden auch Konflikte lösen können, liegt an Ihrer Einstellung und der Ihres Gegenübers.

Eine meiner Traumvorstellungen ist, dass ein Konflikt oder Streit damit endet, dass man zusammen darüber lachen kann und alle wieder in der Friede-Freude-Welt zusammenleben können. Sie denken jetzt bestimmt, dass ich verrückt bin, womit Sie sicherlich recht haben, aber ich bin der festen Überzeugung, dass Sie auch Konflikte humorvoll lösen können. Dabei müssen Sie allerdings mit Fingerspitzengefühl vorgehen. Keiner mag es, wenn er das Gefühl hat nicht Ernst genommen zu werden (außer Ernst, der mag das gerne). Aber auch hier können Sie bei sich selbst anfangen. Über sich selbst dürfen Sie Witze machen, auch wenn Sie gerade im Streit sind. Und dann, wenn sich die Stimmung langsam verändert, können Sie meine Bausteine verwenden, um damit zu spielen. Vielleicht ist dann meine Traumvorstellung doch nicht so weit von der Realität entfernt, wie Sie denken. >>

Ob Kearra so ein Verhalten bei sich in der Arbeit ausprobieren kann? Sie stellt sich gerade das Gesicht ihres Chefs Konrad vor, wenn sie ihm vom Klopapier in ihrem Kopf erzählt. Er würde nicht lachen, da ist sich Kearra sicher. Aber ihre Mitarbeiter schon.

-11-

Wehmütig packt Kearra nach ein paar Tagen wieder ihren Koffer. Sie kann es noch gar nicht glauben, dass sie schon wieder zurück in ihren normalen Alltag gehen soll.

Ganz oben auf in ihre Tasche legt sie eine Postkarte auf der steht: „The leprechauns made me do it". Leprechauns sind in Irland wohnende Kobolde, die für jeden Schabernack zu haben sind. Diese Karte hat sie in der Stadt bei einem Bummel mit ihrem Vater gefunden. Sie wird ihre neue Erinnerungsstütze für die Fröhlichkeit sein, die sie hier in Irland entdeckt hat.

Plötzlich überkommt Kearra schlechte Laune. Sie taucht aus dem Nichts auf und legt sich wie ein dunkler Mantel über ihr Gemüt. Die letzten Tage in Irland hat Kearra sehr genossen. Sie hat sich gut gefühlt und frei. Aber zu Hause in Deutschland erwartet sie wieder Verantwortung, Ernst, Zynismus. Es ist ja schön und gut, sich im Urlaub gut zu fühlen und Späße zu machen, aber in ihrem Alltag wird sie es auch trotz Erinnerungsstütze nur schwer schaffen.

Wenn sie sich vorstellt, wie sie wieder jeden Tag ins Büro geht und den Eitelkeiten-Kampf ihrer Kollegen und Mitarbeiter erleben muss, dann wird ihr ganz bang um‘s Herz. Während die Menschen hier auf der Insel weiterhin alles gelassen sehen, muss sie wieder Verantwortung übernehmen. Am liebsten würde sie hierbleiben, ihren Job kündigen und bei Abigail in der Touristeninformation anfangen zu arbeiten. Natürlich würde sie dort weniger verdienen, aber braucht sie wirklich all das, was sie besitzt?

„Du alleine vielleicht nicht, aber deine Familie schon“, holt sie ihre Vernunft von ihrem Ausflug in die Fantasie zurück.

„Außerdem hast du eine Verantwortung deinen Mitarbeitern gegenüber“, wirft ihr Pflichtbewusstsein ein.

„Und du liebst deine Arbeit. Du bist gerne vorne dabei in der Technik. Du möchtest beteiligt sein an den neuen Entwicklungen“, fügt ihre Freude hinzu.

„Andreas will auf jeden Fall in Deutschland bleiben und du willst Andreas“, schließt die Liebe die Unterhaltung.

Kearra weiß, dass die Stimmen in ihrem Kopf recht haben, aber gegen ihre schlechte Laune können sie gerade nichts ausrichten. Wütend wirft sie ein Kissen an die Wand und ein weiteres gleich hinterher. Zum Glück quillt dieses Zimmer vor Zierkissen über, wie in den meisten irischen Schlafzimmern.

Entgegen all ihrer Vernunft verflucht Kearra ihr Leben. Sie weiß, dass sie es morgen schon wieder anders sieht, aber heute ist sie frustriert von allem. Von ihrem Leben in Deutschland, von ihrer Arbeit als Managerin, von der Entfernung zu ihren Eltern und der restlichen Familie.

Sie wirft sich auf das Bett und schreit aus voller Kraft „FUCK" in den weichen Stoff, der das Geräusch dämpft. Gedämpft wird auch das gallige Gefühl ihrer schlechten Laune, mit jedem „Fuck" ein wenig mehr.

Irgendwann kann Kearra wieder kichern. Wahrscheinlich ist das ständige Fluchen der Iren das eigentliche Geheimnis ihrer guten Laune.

AUSPROBIEREN

-1-

Nachdem Kearra mehrere Stunden lang versucht hat, die E-Mail-Flut, die in ihrer Abwesenheit über ihren E-Mail-Account hereinbrach zu bewältigen, kommt ihr Mitarbeiter Christian zu einer Besprechung. Er will sie informieren, was in den letzten Wochen in der Firma los war. Christian ist einer ihrer ältesten Mitarbeiter. In ihrer Abwesenheit übernimmt er immer die Vertretung. Ansonsten ist er ein Projektleiter, wie die meisten anderen in ihrem Team.

„Hallo Christian, wie geht's dir? Was war denn hier so los in den letzten Wochen?", fragt Kearra zum Einstieg.

„Na, wie wird es mir schon gehen. Ich bin total gestresst. Es war so viel zu tun", Christian versucht Kearra direkt ein schlechtes Gewissen zu machen und Kearra weiß wie immer nicht, wie sie reagieren soll bei solchen Vorwürfen.

Schließlich sagt sie: „Das tut mir leid. Erzähl mal, was so los war."

Und Christian fängt an von Besprechungen zu erzählen, von Anfragen, von Projekttreffen, von Berichten, die zu schreiben waren. Kearra hört ihm aufmerksam zu und denkt sich: „Das ist sein ganz normaler Arbeitsalltag. Ich weiß nicht, worüber er sich beschwert."

Natürlich sind die Worte, die sie ausspricht, andere: „Das klingt ja, als ob hier ganz schön viel los war. Aber du hast es wie immer gut gemeistert."

„Ja, habe ich", fasst Christian zusammen. „Ist ja auch eine Ausnahmesituation, wenn die Chefin so ganz spontan für eine so lange Zeit Urlaub nimmt."

Kearra schluckt. Das ist ja schon kein stiller Vorwurf mehr, das ist schon ein ganz lauter. Kearra versucht ihren beginnenden Ärger weiter zu unterdrücken.

„Humorvolle Reaktion", erinnert sie ihre Fröhlichkeit mit ganz leiser Stimme, die kaum durch den Ärger dringt.

Kearra versucht die Stimmen der anderen Bedenkenträger in ihr zu ignorieren und sich zu erinnern, was sie in den letzten Wochen über humorvolle Reaktionen erfahren hat. Übertreiben, Untertreiben, mit Erwartungen spielen, kindisch sein, Fantasiegeschichten.

„Ja, weißt du, das lag daran, dass von der Geschäftsführung beschlossen wurde, dass alle Manager jetzt anstatt 30 Urlaubstagen 90 zur Verfügung haben. Nächste Woche bin ich schon wieder weg", versucht es Kearra mit einer Fantasiegeschichte.

Christian blickt irritiert zu Kearra, aber dann fängt er an zu schmunzeln: „Du nimmst mich auf den Arm? So kenne ich dich gar nicht! Cool!“

Nachdem das Eis gebrochen ist, können sie sich auch noch über das, was wirklich interessant war in den letzten Wochen unterhalten, nämlich der Beschluss der Geschäftsführung ein Kennzahlen-System einzuführen. Kearra hat es schon erwartet. Sie kennt das Buch von Toyota über deren Management-Strategie und hat in letzter Zeit ihre Vorgesetzten öfter darüber sprechen hören. Es beschreibt, wie Toyota seinen hohen Qualitätsstandard aufrecht erhält. Sie fand die Ideen dahinter sehr interessant, aber irgendwie fehlt ihr dabei ein wenig die Menschlichkeit. In Japan herrscht eine andere Kultur, dort kann so etwas gut funktionieren, aber sie möchte nicht wissen, was in ihrem Unternehmen daraus gemacht wird. Sie hat schon öfter erlebt, wie gute Ansätze in ihrer Firma verdorben wurden. Und Kennzahlen sind das, was sehr schnell falsch eingesetzt werden kann. Wenn sie so verwendet werden, wie im Buch beschrieben, dann hat man damit ein Werkzeug, um schnell festzustellen, wo es in der Produktion hängt. An einigen markanten Werten kann man die Qualität und Produktivität einer Fertigungslinie festmachen und schnell eingreifen, wenn dort etwas schief läuft. Aber Kearra befürchtet, dass es in ihrem Unternehmen eingesetzt wird, um die Mitarbeiter unter Druck zu setzen. Jeder Mitarbeiter wird zu einer Nummer, hinter der jegliche Menschlichkeit verschwindet. Wie kann man die Vielschichtigkeit von menschlichem Verhalten in einer einzigen Zahl zusammenfassen. Menschen sind zum Glück keine Roboter, die immer im Gleichtakt ihre Arbeit verrichten. Es hat seinen guten Grund, dass viele Arbeiten von Menschen durchgeführt werden.

„Was sagst du dazu?“, fragt Kearra Christian.

„Ich weiß es nicht, ich kann mir nichts darunter vorstellen. Es ist mal wieder so eine Idee, die alles verbessern soll“, antwortet Christian.

Kearra beendet das Gespräch mit Christian. Trotz der anfänglichen schlechten Stimmung verlassen beide den Raum irgendwie besser gelaunt und sie ist froh über alles, was sie im Urlaub erfahren hat und über ihren Entschluss das Leben wieder humorvoller zu nehmen.

Als Kearra wieder am Schreibtisch sitzt, beschließt sie, dass, wenn die Kennzahlen jetzt in das Unternehmen Einzug halten, umso mehr Humor notwendig sein wird. Sie schreibt eine E-Mail an alle ihrer Mitarbeiter mit dem Betreff: „Etwas Lustiges" und schickt den von ihr im Urlaub selbst gezeichneten Comic mit. Danach nimmt sie sich die Zeit, kurz einen Comic über Kennzahlen zu kritzeln. Den hebt sie sich für später auf.

-2-

Am Nachmittag ist der Jour Fixe bei ihrem Chef. Sie weiß noch gar nicht, was sie dort berichten soll, aber dieser Termin ist Pflicht und darf unter gar keinen Umständen verpasst werden.

Im Besprechungsraum sitzen schon all ihre Kollegen und Mark fängt natürlich wieder an zu stänkern: „Na, auch mal wieder da? Wir dachten schon, du kommst gar nicht mehr zurück und bleibst in Irland. So viel Urlaub am Stück habe ich schon lange nicht mehr genommen.“

Kearra merkt, wie verärgert sie über diesen Seitenhieb von Mark ist. Immer das Gleiche, ständig möchte er sich vor Anderen besser darstellen und macht sie dazu runter.

„Ganz ruhig, nicht aufregen. Dir fällt eine gute humorvolle Antwort ein“, dieses Mal ist es ihr Hier-und-Jetzt-Gefühl, das sie zurückholt.

„Übertreiben!“, wirft ihre Fröhlichkeit ein. „Das wird lustig!“

Kearra hat in den letzten Wochen gelernt auf ihre inneren Stimmen zu hören.

„Ach, das war noch gar nichts, Mark. Nächsten Monat fahre ich für 5 Wochen weg. Den darauffolgenden für 6. Und dann für 7 Wochen. Du wirst mich also nur noch ganz selten sehen.“

„Willst du mich verarschen?“, poltert Mark los, wird aber überrumpelt durch Winnies Lachen.

Winnie steigt mit ein: „Und dann nach einiger Zeit nimmst du pro Jahr 15 Monate Gleitzeit. Das gefällt mir.“

Als ihr Chef Konrad den Raum betritt, lachen fast alle seiner Abteilungsleiter, nur Mark macht ein verkniffenes Gesicht. Konrad weiß nicht so recht, was er davon halten soll. Er mag es, wenn eine gelöste Stimmung ist, aber so ein lautes Lachen, das ist er nicht gewohnt. Lieber schnell die Türe zu machen, nicht dass es noch jemand hört.

-3-

Beim Abendessen erzählt Kearra ihrem Mann Andreas von ihrem ersten Arbeitstag: „Stell dir vor, ich habe heute ein bisschen humorvolle Reaktionen ausprobiert."

Andreas schaut sie ein wenig ängstlich an: „Und was ist passiert?"

Kearra hat schon am Tag ihrer Heimkehr gemerkt, dass Andreas nicht ganz so begeistert von ihrer Idee war, mehr Humor in ihre Arbeit zu bringen. Es hatte sie ein wenig verletzt, aber irgendwie hat sie ihm angesehen, dass er es nicht böse meinte, sondern einfach nur Angst hatte. Sie weiß noch nicht mal so recht, wovor er Angst hat. Denn wegen ein wenig Humor wird sie schon nicht ihren Job verlieren.

„Nichts ist passiert. Alle haben etwas mehr gelacht als sonst und ich hatte das Gefühl, dass meine Mitarbeiter heute Abend besser gelaunt waren als an anderen Tagen. Das finde ich schön."

„Na klar ist es schön, aber pass bitte auf. Ich denke nicht, dass deine Vorgesetzten gut finden, wenn du andere Wege beschreitest als sie."

„Und was wollen sie dagegen machen?"

„Im schlimmsten Fall wollen sie dich loswerden", fasst Andreas seine Ängste zusammen.

„Aber wäre das so schlimm? Wir haben doch kaum etwas zu verlieren. Unser Haus ist abbezahlt. Die Kinder fangen bald an auf eigenen Beinen zu stehen. Wir würden schon nicht daran zugrunde gehen.“

„Unsere Kinder fangen jetzt zu studieren an, da brauchen sie noch viel mehr Geld als zuvor. Ja, es wäre ein Problem, wenn wir dein gutes Gehalt nicht mehr hätten.“

Kearra will sich eigentlich nicht herunterziehen lassen, aber sie bemerkt ein leises Grummeln im Magen. Sie möchte sich nicht so unter Druck setzen müssen. Das Gefühl der Freiheit und der Fröhlichkeit, das sie in Irland empfunden hat, beginnt schon zu schrumpfen. Aber genau davor hat sie am meisten Angst. Die Sorge um den Verlust ihres Arbeitsplatzes ist bei weitem nicht so groß wie die Angst davor, sich wieder in Ernsthaftigkeit zu verlieren. Sie möchte sich nicht wieder verstellen. Irgendwie muss sie einen Weg finden, dass sie dieses Gefühl aus ihrem Urlaub auch in ihren Alltag integrieren kann. Sie merkt, wie die gedrückte Stimmung der Wochen vor ihrem Urlaub zurückkommt.

„Aber ich würde doch auch wieder etwas anderes finden, selbst, wenn sie mir kündigen“, versucht Kearra ein letztes Aufbäumen gegen die Stimmung, aber sie weiß selbst, dass sie keine Chance hat und die schlechte Laune sie schon längst eingeholt hat. Immer mehr Zweifel kommen ihr an ihrer Haltung. Hat Andreas nicht doch Recht? Wäre es nicht schlimm, wenn sie ihre Arbeit verlieren würde? Und ist es wirklich so unrealistisch zu denken, dass sie Ihren Arbeitsplatz verlieren könnte? Und von Managern wird erwartet, dass sie nach

Firmenphilosophie handeln. In ihrer Firmenphilosophie kommt Humor nicht vor.

Kearra räumt noch den Tisch auf, bevor sie sich einen Krimi im Fernsehen anschaut. Die düstere Stimmung darin kommt ihr gerade richtig vor.

-4-

Am nächsten Morgen trägt sie die schlechte Laune mit in ihr Büro. Lustlos klickt sie sich durch die E-Mails. Aber was ist denn das? Einige ihrer Mitarbeiter haben auf ihre „Etwas Lustiges"-E-Mail geantwortet. Sie liest sich die Antworten durch und kann an einigen Stellen das Lachen nicht unterdrücken.

Mit dem Lachen verschwindet ihre negative Stimmung sofort und ihre Fröhlichkeit kehrt zurück. Sie flüstert ihr leise zu: „Wir lassen uns nicht unterkriegen!“

Ihr Vertrauen meldet sich noch leiser, aber dennoch deutlich vernehmbar: „Es wird schon alles gut gehen. Du hast nichts zu befürchten. Selbst wenn du dir eine neue Aufgabe suchen musst.“

Ihre Mitarbeiter haben es geschafft ihren Humor wieder aufzuwecken und dieser das Vertrauen. So gefällt sich Kearra wieder besser. Sie holt ihre Erinnerungskarte aus ihrer Tasche und pinnt sie genau ins Blickfeld neben ihren Monitor.

Wieder muss sie lachen: „The leprechauns made me do it." Was wohl ihre Kollegen dazu sagen würden, wenn sie jede unvernünftige Handlung oder jeden Fehler auf kleine Kobolde schieben würde?

Kearra bereitet sich auf ihr Jour Fixe mit ihren Mitarbeitern vor. Sie muss ihnen erzählen, dass es bald Kennzahlen gibt und warum das so etwas großartiges ist. Darauf wurden sie gestern im Chef-Jour-Fixe eingestimmt. Jede Abteilung soll sich überlegen, wo sie bei sich Kennzahlen umsetzen wollen.

„Gibt es einen Weg auch Humor in so eine Besprechung mit einzubauen?", überlegt sich Kearra. Aber ihr fällt nicht so schnell eine Antwort darauf ein.

„Irgendwie machen wir das schon", kommt die Fröhlichkeit ihren Zweifeln zuvor, die auch mal wieder etwas sagen wollten.

Und so begrüßt Kearre ihr Team spontan, indem sie sich über all die lustigen E-Mails bedankt und erzählt, wie sie ihr den Tag gerettet haben.

„Wisst ihr was? Wir sollten das weiter machen. Wir sollten uns so oft uns etwas Gutes oder Lustiges einfällt schreiben. Mindestens einmal pro Tag sollte eine witzige E-Mail in unserem Team verteilt werden."

Kearra ist selbst überrascht über diesen Vorschlag. Das hatte sie nicht geplant. Aber je mehr sie darüber nachdenkt, desto besser gefällt ihr die Idee.

Ihr Team reagiert prompt, indem sie auf den Tisch klopfen und ein zustimmendes Stimmengewirr erhebt sich.

„Aber was ist, wenn die höheren Ebenen davon etwas mitbekommen? Sind wir nicht angehalten worden, dass wir E-Mails nur noch für fachliche Themen verwenden?“, wirft Christian ein.

Kearra erinnert sich. Das hatte sie ganz vergessen. Darum ist das Verteilen von witzigen E-Mails auch eingeschlafen mit dem Resultat, dass auch die Freude und das Lachen etwas eingeschlafen ist.

„Wisst ihr was? Ich nehme die Verantwortung voll auf mich. Ich habe euch ja auch hier im Jour-Fixe gesagt, dass es mindestens eine E-Mail pro Tag geben sollte.“

Kearras Pflichtbewusstsein schreit aufgebracht: „Halt! Stop! So geht das nicht! Für gar nichts übernehmen wir die Verantwortung! Und schon erst Recht nicht für so eine Harakiri-Aktion!“

„Klappe jetzt. Das ist unsere Angelegenheit. Halt dich da raus“, antworten Kearras Fröhlichkeit und das Hier-und-Jetzt-Gefühl fast zeitgleich.

Kearra hat sowieso keine Zeit auf ihren inneren Dialog zu achten, denn sie fährt schon fort mit den Themen ihrer Besprechung: „Ich kann mir vorstellen, dass wir etwas Humor auch brauchen, weil wir Kennzahlen einführen müssen. Weiß jeder was damit gemeint ist?“

„Nein, nicht ganz.“

„Also gut, ich gebe Euch ein wenig Hintergrund-Information. Das Ganze kommt von Toyota. Die haben sich ein Management-System überlegt, dass dazu führte, dass Toyota einen sehr großen Qualitätsstandard leisten kann. Das ganze System nennt sich Kaizen. Ein Teil davon ist, dass für jeden Prozess Kennzahlen generiert werden. So etwas wie <Auslastung>, <Produktivität>, <Ausfallzeiten> und diese werden dann groß an einer Schautafel für jede Produktionslinie aufgestellt. So kann man sofort sehen, wo etwas nicht rund läuft und Nachforschungen anstellen.“

„Das klingt doch nicht schlecht“, erwidert Paul. „Es hört sich nach mehr Transparenz an.“

„Aber was haben wir denn damit zu tun?“, fragt ein anderer aus der Runde. „Wir haben doch keine Produktionslinie in unserem Team.“

„Bei uns soll es für die Projekte eingeführt werden. Es wird die Kennzahlen <Projektbudget>, <Zeitplan>, <Effizienz> und <Innovation> geben. Und das Alles mit Ampeln, damit es besser zu kontrollieren ist. Grün steht für „alles okay“, gelb dafür, dass die Gefahr besteht, dass der Plan nicht eingehalten wird und rot dafür, dass der Plan überschritten ist.“

„Aber wie soll denn das gehen? Was ist, wenn ein Projektpartner seine Deadlines verschläft? Wird unsere Ampel rot?“

„Ja, leider ist es genau so.“

„Ich sehe sehr unfaire Zeiten auf uns zukommen“, wirft Christian süffisant ein. „Ich hoffe, dass nur das Projekt dann diese Ampel bekommt und nicht der Projektleiter.“

„Ja, das hoffe ich auch“, seufzt Kearra. Aber leider hat sie wenig Hoffnung. Das, was sie im letzten Jour Fixe gehört hat, klingt eher danach als möchte man Kontrolle über die Mitarbeiter erlangen. Allein der Gedanke daran reicht schon aus, um ihre Stimmung wieder sinken zu lassen.

„Jetzt weiß ich, was du meintest, als du gesagt hast, dass wir in nächster Zeit Humor brauchen. Du schaust auch schon wieder so ernst“, fasst Peter zusammen.

„Ich kann leider nichts gegen diese Entwicklungen machen. Ich stecke da genauso drinnen wie ihr. Leider“, damit beendet Kearra die Teambesprechung.

-5-

In den nächsten Tagen ist Kearra vollständig damit beschäftigt Excel-Tabellen zu erstellen, in denen sie die Daten der Projekte einträgt und die am Ende eine Zahl und eine Farbe ausspucken soll.

„Wenn mir das jemand in meinem Studium erzählt hätte, dass ich irgendwann mal tagelang Exceltabellen befülle, ich hätte es ihm nicht geglaubt“, seufzt Kearra am Ende eines Arbeitstages.

Irgendwie kommt es ihr vor, als würden diese Kennzahlen sie und ihre Mitarbeiter zu Robotern machen. Wie möchte man die Effizienz eines Projektleiters bewerten, wenn er doch menschlich ist und dadurch auch einmal Fehler macht? Es ist doch auch gut Fehler zu machen, aus Fehlern sind die besten Neuentwicklungen entstanden. Ohne Fehler gäbe es kein Penicillin oder keine Mikrowelle. Und plötzlich soll bei jedem Fehler eine rote Ampel angehen?

„Aber so behalten wir alles unter Kontrolle. Wissen immer, wann einer nicht das macht, was er sollte“, tönt Kearras Pflichtbewusstsein aus dem Hintergrund.

„Möchte ich das wirklich wissen? Ich weiß doch, dass ich gute Mitarbeiter habe, ich habe sie ja auch ausgesucht“, wirft ihr Vertrauen ein.

„Außerdem fühlt es sich nicht gut an, wenn unsere Aufgabe darin besteht andere Menschen zu kontrollieren“, sagt das Hier-und-Jetzt-Gefühl.

Von ihrer Fröhlichkeit hört Kearra kaum noch etwas. Es ist so, als wäre sie unter der stupiden Arbeit begraben worden. Was gibt es auch zu Lachen bei solchen Kontrollmaßnahmen. Wie sollte man das noch übertreiben. Da würde man ja irgendwann bei einer Diktatur landen.

Wahrscheinlich wäre jeder Diktator froh, wenn er so ein System wie die Kennzahlen zur Verfügung hätte. Dort hatten sie Waffen, um die Menschen, die nicht das machten, was man von ihnen erwartete, zu bedrohen. Hier hat man einen Arbeitsvertrag. „Wenn du nicht das machst, was ich von dir verlange, dann nehme ich dir deine Arbeit weg."

Wer weiß, was passiert, wenn wir alle zu einer Zahl degradiert werden? Was wird man mit einem Mitarbeiter machen, der immer wieder eine rote Ampel bekommt? Vielleicht, weil er in seinem Forschungsgebiet am Rande des physikalisch Machbaren forscht, so wie Paul? Es wird sich überhaupt niemand mehr für die Hintergründe interessieren, wenn man doch eine Zahl hat, der man vertrauen kann.

Bevor Kearras Laune ins unerträglich Schlechte sinkt, erinnert sie sich wieder an ihre Methoden. Sie sollte übertreiben. Das Bild mit der Diktatur war ja gar nicht schlecht. Sie muss schon ein wenig schmunzeln, wenn sie daran denkt, wie die gesamte Management-Ebene nur noch vor Bildschirmen sitzt und darauf wartet, bis irgendwo eine Ampel auf rot springt und dann diese Person sofort zum Kreuzverhör holt. Dieser Gedanke erscheint ihr so surreal. Auch wenn ein trauriger, wahrer Kern daran ist.

Wenn Kennzahlen irgendwann als Waffe eingesetzt werden können, das wäre doch sehr schlimm. Sie stellt sich ihre Kollegen aus dem Management vor, wie sie mit einem Papier voll Kennzahlen ihre

Mitarbeiter bedrohen. Früher hatten die Neandertaler Keulen, heute geht man diffiziler vor

und nimmt eine einzelne Zahl. Das Bild, wie die gesamten Manager im Neandertalerkostüm mit ihren Papieren drohen, bringt sie so zum Lachen, dass sie kurzzeitig fast keine Luft bekommt. Davon darf sie lieber niemanden erzählen.

-6-

Genau in dem Moment, als sie sich von ihrem Lachanfall erholt, läuft Mark an ihrem Büro vorbei. Angesäuert blickt er zu ihrem Schreibtisch. Ist ja mal wieder klar, dass Kearra keinen Stress hat. Sie hat Zeit sich über irgendetwas vor Lachen zu kugeln, während er sich für die Firma engagiert. Aber sie kommt natürlich damit durch.

Mark nimmt sich vor, bei der nächsten Gelegenheit, ihren gemeinsamen Chef Konrad darauf anzusprechen. So ein Verhalten, wie das von Kearra gehört sich einfach nicht. Was, wenn Kunden oder Projektpartner in dem Moment an ihrem Büro vorbeigekommen wären? Wurden sie nicht über die Jahre hinweg genügend darin geschult, was es bedeutet ein Unternehmen zu repräsentieren? Mark weiß genau, dass Konrad ihn verstehen wird. Oft genug hat er einen Wutanfall in einem Jour Fixe bekommen, weil einer seiner Abteilungsleiter nicht das machte, was er sollte. Kearra war leider noch nie dabei. Es war fast so, als könne sie nichts falsch machen. Aber so ein kindisches Verhalten wie sie jetzt an den Tag legt, wird er ihr nicht durchgehen lassen.

-7-

Kearra geht wieder gerne zur Arbeit. Jeden Tag kann sie sich mindestens einmal darüber freuen, dass sie etwas Lustiges zu lesen bekommt. Außerdem nimmt sie sich jeden Tag ein paar Minuten Zeit, um neue Comics zu zeichnen. Wann immer sie in Situationen an ihre Grenzen kommt oder kurz davor ist wieder ihren Humor zu verlieren, schafft sie es mit dem Zeichnen ihren Groll abzubauen und wieder gelassen ihren Aufgaben nachzugehen. Obwohl Zeit dafür drauf geht, dass sie die Comics zeichnet, schafft sie aber wesentlich mehr Aufgaben an einem Tag unter zu bringen. Die Motivation, die sie dabei erfährt, ihren Mitarbeitern ein Lächeln aufs Gesicht zu zeichnen, ist ungemein.

Sie merkt auch, dass ihre Gelassenheit Problemen und herausfordernden Situationen gegenüber auf ihre Mitarbeiter übergeht. Gestern kam Peter zu ihr ins Büro und erzählte ihr, dass er gerade etwas beobachtet hat, was ihn normalerweise richtiggehend geärgert und den ganzen Tag beschäftigt hätte. Dieses Mal war etwas anders, denn noch während er den Ärger in sich aufsteigen spürte, hat er sich vorgestellt, wie sich die Situation in einem ihrer Comics machen würde. Plötzlich konnte er grinsen und alles wurde einfacher. Gemeinsam skizzierten sie die Szene kurz auf Papier und viel gelöster ging Peter wieder an die Arbeit.

Mittlerweile hat sich schon ein gehöriger Stapel mit Comic-Skizzen auf ihrem Schreibtisch angesammelt.

DIE ARBEITSSICHERHEIT
ICH MÖCHTE GERN EINEN SITZBALL
OH MEIN GOTT! SIE KÖNNTEN STERBEN!
UGGGHHH! OH MANN!

BERICHTERSTATTUNG BEIM CHEF
KAFFEE GEHOLT
1
COMPUTER ANGEMACHT
2
E-MAILS GELESEN
3
SCHON SO VIEL GESCHAFFT MUSS ICH GLEICH DEM CHEF BERICHTEN!
4
CHEF
WAS MACHT IHR DENN ALLE DA?
5
DEM CHEF BERICHTEN. ICH HAB MIR HEUT SELBST DIE SCHUHE ZUGEBUNDEN!
6

ALS KIND
KEINER MAG PETZEN!
DAS SAG ICH MEINER MAMA!
IN DER FIRMA
PETZ STUFE3
GF
PETZ STUFE2
...
DANN SAG DAS DEM CHEF!
HERR X IST NICHT DA!

ARBEITSPLATZ 1
ERKLÄREN SIE DAS!
ARBEITSPLATZ 1 EINSATZ 24H
ARBEITSPLATZ 2 EINSATZ 7H
???
ARBEITSPLATZ 2

MANAGEMENTSICHTWEISE
FRAUEN IN DER TECHNIK
DAS WIRD DAS NEUE
ERFOLGSMODELL
???

MEINE FIRMA IST DER MITTELPUNKT DER WELT!
MEINE SPARTE IST DER MITTELPUNKT DER WELT!
MEIN TEAM IST DER MITTELPUNKT DER WELT!
KOMISCH! ICH DACHTE UNSERE WELT WÄRE EINE KUGEL

INNOVATION VERBESSERN
+++NEWS+++
SO WENIG INNOVATION WIE NOCH NIE!
INNOVATIONREGELWERK
1.
2.

-8-

Ein paar Tage später hat Kearra mal wieder ein Streitgespräch mit Werner und ein paar anderen Mitarbeitern. Werner lässt nach wie vor niemanden an seine Arbeit ran. Werners Software für Projektleitung sollte demnächst eingesetzt werden, aber dazu muss sie freigegeben werden, wozu gehört, dass sie ordentlich dokumentiert ist. Werner hat zwar ein paar wenige Zeilen in seinen Software-Code kommentiert, aber das Ganze ist noch weit davon entfernt, dass es jemand anderer verstehen kann. Nach wie vor hat Kearra den Eindruck, dass Werner gar nicht möchte, dass ein anderer seine Arbeit nachvollziehen kann. Dieses Verhalten hat Werner immer. Er ist ein begnadet guter Programmierer und seine Software hat im Team schon für sehr viel Arbeitserleichterung gesorgt. Aber kein anderer darf an den Code ran. Langsam ändert sich allerdings die Firmenpolitik und es darf nur noch Software verwendet werden, die freigegeben ist. Dazu gehört, dass eine zweite Person sich das Ganze anschaut und einen Freigabe-Report schreibt. Peter, der dies machen soll, kommt aber nicht weiter, weil er ohne Kommentare nichts von dem Programm versteht. Er war eh schon nicht begeistert, dass er sich damit beschäftigen muss und jetzt kommt auch noch hinzu, dass Werner überhaupt nicht kooperativ ist.

„Ich verstehe einfach nicht, warum sich plötzlich alles ändern soll. Meine anderen Programme sind doch auch gut, so wie sie sind", mosert Werner.

Kearra versucht es ihm zu erklären: „Aber es kann keiner nachvollziehen, was du gemacht hast. Wenn mal irgendetwas geändert werden muss, dann kannst nur du das machen."

„Ja, dann mache ich es halt. Wo ist das Problem?"

„Das Problem haben wir, wenn du mal nicht da bist."

„Dann wartet ihr halt, bis ich wieder da bin."

„Werner, diese Diskussion ist müßig. Die Regeln haben sich geändert. Es dürfen nur noch Programme verwendet werden, die so ordentlich dokumentiert sind, dass sie ein anderer freigeben kann."

„Na, dann soll Peter halt einfach diesen Freigabe-Report unterschreiben."

„Das werde ich sicherlich nicht tun, wenn ich nicht weiß, was deine Software macht", Peter schreit schon fast, so verärgert ist er.

„Werner, das kann er nicht. Er wird nichts unterschreiben, was er nicht nachvollziehen kann."

„Aber ich habe doch Kommentare eingefügt. Das muss doch jetzt reichen."

„Nein, das reicht nicht. In deinen Kommentaren steht doch gar nichts drin", fährt Peter Werner an. „Als ich das Programm von Christian freigegeben habe, konnte ich es nach kürzester Zeit verstehen. Christian sag doch auch mal was und kritzele nicht vor dich hin."

Christian hebt den Kopf und sagt: „Ich habe nicht vor mich hingekritzelt, sondern die Situation zusammengefasst. Werner, ich verstehe, dass du nicht verstehen kannst, wovon wir reden, darum habe ich dir eine Zeichnung gemacht."

Er schiebt Werner ein Blatt hin.

„Was zum Teufel soll das sein?“, fragt Werner verärgert.

„Du bist unser Programmierkönig und bist es nicht gewohnt mit uns, dem Fußvolk, zu reden und jetzt musst du es.“

Kearra hält den Atem an. Sie hat ihre Mitarbeiter ja ermutigt humorvoller zu sein, aber das kann auch nach hinten losgehen und Kearra sieht es schon vor ihrem geistigen Auge, wie Werner sauer davonstürmt. Aber sie hat sich getäuscht. Er fängt an zu grinsen.

„Ach so ist das, ich bin der Programmierkönig?“

„Ja, das ist unbestritten, allerdings sollte Ihre Majestät sich genehmen mit ihrem Fußvolke zu sprechen."

Werner lacht aus vollem Halse und alle anderen steigen mit ein. Kearra lässt zu, dass sie die restliche Zeit der Besprechung mit Witzen über königliches Programmierverhalten verbringen. Sie beendet die Besprechung sogar ohne ein Ergebnis, weil sie neugierig darauf ist, ob sich an Werners Verhalten durch diese Witze etwas verändert.

-9-

Als Kearra ein paar Wochen später morgens fröhlich pfeifend aufsteht und sich auf den Weg ins Bad macht, hält sie nach ein paar Schritten inne, voller Verwunderung über sich selbst. Wo ist denn die grummelige, morgenmuffelige Kearra geblieben?

Kearra mag diese Veränderung sehr. Sie erinnert sich selbst immer mehr an die junge Frau, die sie in Irland war, bevor ihr die Ernsthaftigkeit des Lebens nach und nach die Fröhlichkeit gedämpft hat.

Beim Zähneputzen überlegt Kearra, was alles in letzter Zeit passiert ist. Werner hat endlich angefangen mit seinen Kollegen zusammenzuarbeiten und seine Software richtig zu dokumentieren. Der Witz den Christian über Werners majestätisches Verhalten gemacht hatte, hat eingeschlagen wie eine Bombe und endlich konnte Werner diese Kritik annehmen. Dieser Witz wurde von den Kollegen sogar noch weiter weitergesponnen. Plötzlich traf es Paul, der nicht zugeben konnte, dass sein Projekt sich in einer Sackgasse befindet. Paul war zunächst sehr verärgert, als er als Kaiser bezeichnet wurde, der nicht einsehen kann, dass der Krieg verloren ist, obwohl die Front schon weit zurückgedrängt war. Aber schließlich fragte er, was denn ein Kaiser machen sollte, dessen Krieg verloren gilt, dessen Existenz aber von diesem Krieg abhängt. Die Kollegen blieben bei dem Bild und sagten: „Front verlegen. An einer anderen Stelle gibt es noch Chancen. Dort sollte Ihre kaiserliche Hoheit die Truppen positionieren."

Kearra konnte nur noch sprachlos der Eigendynamik zusehen. Seit Monaten versuchte sie Paul davon zu überzeugen, die keramischen Bremssysteme aufzugeben und sich einem viel vielversprechenderem Thema zuzuwenden. Nie ist sie zu ihm durchgedrungen. Und jetzt ging es so einfach.

Trotz all den schönen Erlebnissen mit ihren Kollegen und der erlebbar verbesserten Atmosphäre im Team, wird Kearras Stimmung getrübt, wenn sie an ihre Managementkollegen denkt. Dort weht seit Neuestem ein eisiger Wind. Sie kann gar nicht sagen warum, aber sie glaubt Konrad verärgert zu haben. Früher hatte sie immer das Gefühl von ihm gemocht zu werden. Aber momentan legt er jeden Kommentar von ihr auf die Goldwaage und als sie einmal einen Witz in ihrem Jour Fixe erzählte, wurde sie so von ihm zusammengestaucht, dass sie gar nicht mehr wusste, wie ihr geschah. Ihre Stimmung sinkt noch mehr, als ihr einfällt, dass sie sich heute auch noch mit den anderen Managern beim Spartenleiter einfinden muss.

-10-

„Ich habe hier unsere Projektleiter-Kennzahlen für den letzten Monat“, eröffnet Konrad die Besprechung und projiziert eine Exeltabelle an die Wand. In dieser Tabelle stehen die Namen von Mitarbeitern aus allen Abteilungen und dahinter eine Unterteilung in <Budget>, <Zeitplan>, <Effizienz> und <Innovation> jeweils mit einer Zahl und einer Farbe versehen.

„Ich dachte es solle dabei nicht um die Personen gehen, sondern um die Projekte“, wirft Kearra sofort ein. Ihr stößt es gleich sauer auf, dass von Projekten nicht mehr die Rede ist, sondern die Mitarbeiter direkt mit einer Zahl und einer Farbe gekennzeichnet werden.

„Es ging nicht anders. Wir konnten es nur so machen. Du kannst davon ausgehen, dass wir uns darüber viele Gedanken gemacht haben“, antwortet Konrad betont lässig.

„Wie kann es sein, dass das nicht anders geht? Was hindert euch daran einfach den Projektnamen aufzulisten? Sie sind ja auch eindeutig und kein Projektname wird doppelt vergeben“, will Kearra wissen.

„Es ist so wie es ist und jetzt lass mich weiter die Kennzahlen vorstellen“, fährt Konrad Kearra in scharfem Ton an.

Aber Kearra lässt sich so einfach nicht einbremsen: „Ist das überhaupt erlaubt? Oder moralisch vertretbar? Eine Person zu einer Zahl zu machen?“

„Kearra es reicht! Du kannst uns doch nicht vorwerfen, dass wir moralisch nicht vertretbar arbeiten. Ich möchte hier nichts mehr dazu hören. Schluss mit dieser Diskussion.“

Widerwillig hält Kearra den Mund und lässt Konrad weitermachen. Wie befürchtet werden die einzelnen Personen mit den Projekt-Kennzahlen assoziiert und es wird heftig über manche Personen geschimpft. Über die Projektleiter, deren Ampel grün ist, wird kaum ein Wort verloren.

„Kearra, bei dir in der Abteilung haben gleich vier Personen eine rote Ampel. Was sagst du dazu?“, fragt Konrad.

Kearra versucht ihren Ärger hinunter zu schlucken. Jetzt fällt alles, was an einem Projekt schief gehen kann, auf die eine Person, die die Projektleitung übernimmt, zurück. Sie findet es grundlegend falsch, davon zu sprechen, dass diese Person eine rote Ampel hat. Das ist menschenverachtend. Ihre Mitarbeiter sind toll, dass etwas an ihren Projekten schief geht liegt nicht an ihrer Fähigkeit für diesen Job.

Kearra atmet tief durch, um angemessen zu reagieren: „Ich weiß nicht, warum diese Ampeln rot sind. Ich sehe diese Tabelle ja heute zum ersten Mal. Ich muss erst mit meinen Leuten darüber sprechen, bevor ich dazu etwas sagen kann.“

„Das solltest du auch. Nächste Woche möchte ich wissen, was dort los ist. Ich möchte in meinem Bereich keine roten Ampeln sehen. Sorgt dafür, dass Eure Mitarbeiter so arbeiten, dass die Ampeln der Kennzahlen nicht rot werden.“

Niedergeschlagen verlässt Kearra die Besprechung. Das wird alles schlimmer, als sie es sich vorstellen konnte. Selbst Kearras Pflichtbewusstsein, dass normalerweise immer für alles ist, was ihr Chef vorschlägt, steht dieses Mal nicht auf seiner Seite. Alles in ihr sträubt sich gegen diese Methode.

„Kearra, warte, ich muss noch etwas mit dir besprechen“, ruft Konrad sie zurück.

Lustlos kehrt Kearra zurück in den Besprechungsraum ihres Chefs.

„Was gibt es denn?“, fragt sie ihn.

„Ich habe von verschiedenen Seiten davon gehört, dass ihr euch in der Abteilung köstlich zu amüsieren scheint. Mir wurde von Lachsalven während Besprechungen berichtet und von jemandem, der an deinem Büro vorbeiging, als du dich vor Lachen gekrümmt hast. Was soll denn das? Denkst du, dass das ein angemessenes Verhalten für eine Führungskraft ist?“

Kearra wurde rot vor Wut. Wer hat denn so etwas weitererzählt? Warum wird das, was das Beste ist, was ihrem Team passieren konnte, plötzlich so negativ gesehen? Warum sollte ihr das, was ihr so viel Energie und Lebensfreude gibt, plötzlich etwas Negatives sein?

„Ja, ich denke, dass das ein angemessenes Verhalten ist“, antwortet Kearra patzig. Ihr Pflichtbewusstsein und Anstand laufen schier Amok, aber aus ihr spricht ein kindlicher Trotz, der sich nicht unterkriegen lassen möchte. „Ich habe einen Artikel gelesen, über die positiven Effekte von Humor und ich kann die positiven Effekte jeden Tag an meinem Team feststellen.“

Auch Konrad wird langsam wütend. Kearra probiert hier nicht nur eigenständig neue Methoden aus, sie lässt sich auch gar nicht von ihm einschüchtern.

„Wenn es so einen positiven Effekt hat, warum gibt es dann unter deinen Mitarbeitern gleich vier rote Ampeln?“, fährt er Kearra an. „Nur, weil du etwas in einer beliebigen Frauenzeitschrift liest, brauchst du es nicht gleich auszuprobieren. Unsere Firma gibt jedes Jahr tausende von Euros aus, um Euch zu guten Managern auszubilden. Noch keiner der sehr kompetenten Dozenten hat je etwas von Humor erzählt. Wir machen diese Fortbildungen nicht zum Spaß, sondern, damit ihr euch an das haltet, was von einem guten Manager verlangt wird. Ich möchte nicht negativ auffallen und zum Gespött der Firma werden, nur weil du etwas gelesen hast. Verstehen wir uns?“

Kearra weiß, dass diese Frage nur eine Antwort duldet: „Ja, ich habe dich verstanden."

„Dann hoffe ich, dass ich nicht noch mehr solcher Geschichten von dir höre!", schließt Konrad das Gespräch ab.

Kearra verlässt den Raum grußlos. Sie wusste nicht, was sie noch sagen sollte. Wurde ihr gerade vorgeworfen, dass in ihrem Team eine gute Stimmung herrscht? Und dann der Vorwurf, dass die Ampeln, die sie vorher noch nie gesehen hat, auf Rot stehen. Was wäre denn, wenn die Ampeln auf grün ständen, wäre es dann in Ordnung, wenn es in ihrem Team humorvoll zuginge? Wahrscheinlich auch nicht, aber diese roten Ampeln kommen erschwerend hinzu.

Kearra weiß gar nicht, wie sie mit der Ansage von ihrem Chef umgehen soll und verbringt den restlichen Tag wie hinter einem Schleier.

-11-

„Also hat Andreas doch Recht behalten damit, dass es negativ für mich ausgeht, wenn ich Humor in meine Arbeit bringe", denkt sie sich, als sie wieder an ihrem Schreibtisch sitzt. Am liebsten würde sie die beiden Postkarten, die sie nach ihrem Urlaub in Irland gut sichtbar neben ihrem Monitor platziert hat, abreißen.

Ihr Zweifel, Anstand und Pflichtbewusstsein überschütten sie mit Vorwürfen und sie hat das

Gefühl unter ihren inneren Stimmen immer kleiner zu werden.

Als sie ihren Posteingang öffnet und eine der kleinen witzigen E-Mails, die seit neuestem wieder in ihrem Team versendet werden, sieht, überkommt sie Panik. „Ich habe die Verantwortung dafür übernommen. Ich habe meine Mitarbeiter dazu motiviert und jetzt bekomme ich die Abreibung dafür. Wie kann ich das wieder einbremsen? Was passiert, wenn Konrad davon erfährt?“

Sie hat das Gefühl keine Luft mehr zu bekommen und rennt auf die Toilette, um sich kaltes Wasser in das Gesicht zu spritzen. Sie zwingt sich dazu ruhig zu atmen und unter dem konstanten Einfluss des kalten Wassers gelingt es ihr schließlich.

„Habe ich nicht auch zu Andreas gesagt, dass ich nichts zu verlieren habe? Ich habe nichts zu verlieren, außer meinen derzeitigen Arbeitsplatz“, versucht sie sich innerlich zu beruhigen.

Allerdings fühlt es sich für Kearra im Moment an, als würde sie ihrer gesamten Lebensgrundlage beraubt. Ihr rationaler Verstand kann ihr noch so oft sagen, dass es nicht wahr ist. Sie hat dennoch das Gefühl, dass sie alles verliert.

„Wahrscheinlich ist das so etwas wie ein steinzeitliches Programm in dir, dass dich die Bedrohung eines Säbezahntigers fühlen lässt“, sagt ihr rationaler Verstand und bringt sie damit etwas zur Ruhe. Auf Rationalität reagiert die wissenschaftlich trainierte Kearra immer prompt.

Zur Mittagspause geht Kearra im Park spazieren.

„Ich muss mit jemandem sprechen, der mich nicht für verrückt hält. Ach, wenn ich doch nur wieder nach Irland fliegen könnte. Dort habe ich mich so verstanden gefühlt“, denkt sie sich und nimmt ihr Handy aus der Tasche. Sie kann vielleicht nicht nach Irland fahren, aber zum Glück kann sie telefonieren. Sie versucht ihre Freundin Abigail zu erreichen.

„Heya, hier ist Kearra. Musst du gerade arbeiten oder hast du Zeit mit mir zu telefonieren?“

„Du hast Glück, ich habe heute meinen freien Tag und gehe gerade ein wenig am Meer spazieren.“

„Oh wie schön. Gerade eben erst war ich in Irland, aber das Meer vermisse ich schon wieder.“

„Was ist denn los? Du klingst irgendwie aufgewühlt?“, fragt Abigail und Kearra ist froh, ihre älteste Freundin erreicht zu haben. Bei ihr braucht sie nicht lange um den heißen Brei herumreden.

„Wir haben uns doch so lange über Humor unterhalten, als ich in Irland war. Ich habe dir letztens doch erzählt, dass ich jetzt in der Arbeit versuche andere, humorvollere Wege zu gehen. Stell dir vor, ich hatte wundervolle Erfolge in meinem Team. Alte Themen und Konflikte konnten durch Humor sehr schnell gelöst werden. Es hat mir wieder so viel Spaß gemacht, in die Arbeit zu gehen und ich hatte den Eindruck, dass es meinen Mitarbeitern auch so ging. Irgendwie hat es etwas mit unserer Motivation gemacht."

„Wow, das ist ja toll. Aber wo ist das Problem?"

„Das Problem ist mein Chef. Der hat mich gerade darauf angesprochen, dass er über uns gehört hat, wir würden laut lachen und dass er so ein Verhalten nicht dulden kann."

„Was?", fragt Abigail überrascht. „Das kann doch nicht sein Ernst sein?"

„Doch, leider hat er das ziemlich Ernst gemeint. Humor ist bei uns in der Firma wirklich nicht erwünscht. Unsere Geschäftsführung hat sogar verboten, dass E-Mails versendet werden, die nichts mit der direkten Arbeit zu tun haben und damit selbst unterbunden, dass man sich ab und zu mal etwas Witziges zuschickt."

„Das ist doch krank!"

„Ja, da hast du Recht. Und doch haben wir uns davon sehr lange beeinflussen lassen."

„Ich wusste ja, dass die Deutschen dafür bekannt sind, humorlos zu sein, aber das ist doch lächerlich."

„Ja!"

„Kearra, möchtest du wirklich jeden Tag viele Arbeitsstunden in so einer Umgebung verbringen?"

„Eben nicht, darum habe ich meinen Mitarbeitern ja auch gesagt, sie sollten das ignorieren und ich wünsche mir jeden Tag etwas Lustiges in unseren Posteingängen. Ich habe sogar die Verantwortung dafür übernommen."

„Ist doch toll. Hast du gut gemacht."

„Da bin ich mir nicht sicher. Jetzt habe ich Ärger mit meinem Chef. Andreas versteht mich auch nicht. Er sagt, ich soll dieses Verhalten sein lassen."

„Was kann dir denn passieren, wenn du Ärger mit deinem Chef hast?"

„Ich weiß es nicht. Im schlimmsten Fall schmeißen sie mich raus."

„Dazu würde ich dir nur gratulieren. Nach allem, was du erzählt hast, ist die Stimmung dort doch eh nicht so toll."

„Ja, so sieht es momentan leider wirklich aus. Stell dir vor, es wird gerade noch viel schlimmer mit der Atmosphäre. Wir sind nur noch Zahlen, die wenn sie einen Fehler machen, eine rote Ampel bekommen."

„Wie bitte? Wie bei einer Maschine, die aussortiert wird, wenn sie nicht mehr gut genug funktioniert?", lacht Abigail.

„Leider ja, genauso."

„Das kann doch nicht wahr sein."

„Doch, ist es aber.“

„Kearra, wenn das alles stimmt, zusammen mit dem, was du mir ansonsten schon erzählt hast, wäre es für dich sogar ein großer Gewinn, wenn du gekündigt würdest.“

„Aber was würde ich dann tun?“

„Keine Ahnung, du würdest schon etwas finden, du bist doch ein so schlauer Kopf.“

„Als ob das etwas bringt bei der Jobsuche.“

„Naja, besser als total verblödet und debil wird es schon sein, oder?“

Kearra lacht über Abigails Argumentation.

„Na bitte, so gefällst du mir schon viel besser“, sagt Abigail. „Etwas Gutes muss es doch haben, dass du nach Deutschland gezogen bist. Jetzt ist es deine Aufgabe, Lachen zu den steifen Deutschen zu bringen.“

„So steif sind die gar nicht alle. Das weißt du.“

„Natürlich. Trotzdem ist es deine Aufgabe und vor seiner Aufgabe sollte man nicht davonrennen.“

„Okay, okay“, lachend stimmt Kearra zu. Es hat ihr gut getan mit ihrer Freundin zu reden. Sie weiß schon gar nicht mehr, warum sie sich vor ihrer Mittagspause so aufgeregt hat.

-12-

Kearra versucht herauszufinden, woher die roten Ampeln in ihrer Tabelle kommen. Sie schaut sich die Daten an, die darunter liegen und langsam schwirrt ihr schon der Kopf von all den Zahlen. So eine Aufgabe lässt ihre gute Laune schnell verschwinden.

Bei einem der Projekte ist die Projektzeit in der Tabelle überschritten. Aber eigentlich wurde eine Verlängerung des Projektes beantragt und genehmigt. Wahrscheinlich wurde diese Änderung nicht in die Liste aufgenommen. Das muss sie beim nächsten Treffen richtigstellen.

Die andere rote Ampel kommt daher, dass zu wenig Budget abgeflossen ist. Kearra kann nicht fassen, dass das zu einem so großen Problem aufgebauscht wird. Die Geräte, die beschafft werden sollten, sind noch nicht ausgeliefert worden, alles planmäßig und natürlich werden sie erst bezahlt, wenn sie vor Ort sind.

Auch die anderen roten Ampeln kann sie logisch erklären. Es hätte sie gewundert, wenn irgendwo etwas komplett schief gelaufen wäre und sie es nicht mitbekommen hätte. Es erscheint ihr überflüssig, ja fast lächerlich, dies alles in der nächsten Besprechung erklären zu müssen.

Das neue Management-Tool „Kennzahlen", das alles vereinfachen soll, bedeutet für sie gerade einen immensen Mehraufwand. Wahrscheinlich vereinfacht es nur für das höhere Management, denn die müssen nichts mehr hinterfragen und haben Zahlen auf die sie sich vermeintlich verlassen können.

Kearra beschließt ihren Mitarbeitern noch nichts von den roten Ampeln zu erzählen, bis sie alles aufgeklärt hat. Diesen Stress möchte sie ihnen gar nicht antun.

Beim nächsten Jour Fixe stellt sie es richtig. Konrad lässt keine Kritik an seinem System zu und sagt nur, dass Fehler passieren können, aber auch, dass er froh ist, dass Kearra wieder auf Kurs ist. Kearra nickt nur wortlos dazu. Jetzt, da sie keine roten Ampeln mehr hat, ist sie erstmals aus der Schusslinie, aber wie lange wird das wohl so bleiben? Denn nach dem Telefonat mit Abigail hat sie beschlossen bei ihrem Humorprogramm zu bleiben, komme was da wolle. Diesem Entschluss zu folgen ist ihr bisher sehr leicht gefallen. Allerdings fängt sie in diesem Jour Fixe, in dem die Stimmung gerade mehr als angespannt ist, wieder an zu zweifeln.

Zurück in ihrem Büro, umgeben von den Büros ihrer mittlerweile meist fröhlichen Mitarbeitern, fühlt sie sich wie in der Oase einer öden Wüste. Erst jetzt kann sie langsam aufatmen, auch wenn die dunkle Wolke der Kennzahlen sie noch ein wenig weiter verfolgt.

Ein paar Tage später trifft sie zufällig Winfried, als sie auf dem Weg in die Kantine ist.

„Bist du schon verabredet? Oder wollen wir gemeinsam zum Mittagessen gehen?“, fragt Winfried.

„Nein. Klar können wir. Ich freue mich“, antwortet Kearra.

„Sag mal, was hast du eigentlich mit deiner Abteilung gemacht?“, fragt Winfried.

„Warum denn?“, fragt Kearra ängstlich. Sie erwartet den nächsten Angriff wegen ungebührlichem Verhalten.

„Weil meine Leute plötzlich sagen, dass die Arbeit mit deinen Leuten so viel besser klappt als früher und sie eine so gute Laune mit in Besprechungen bringen, dass danach alle Beteiligten in einer besseren Stimmung sind.“

„Echt, ist das so?“

„Genau so. Dein Mitarbeiter, Werner, der hat uns früher echt schier in den Wahnsinn getrieben, wenn wir eine Frage zu seinen Programmen hatten. Letztens hat er sich wirklich die Zeit genommen, uns zu erklären, worum es geht. Naja, er war etwas sarkastisch, aber dennoch, wir haben unsere Antwort bekommen und sein Sarkasmus war eigentlich ganz erheiternd.“

„Das freut mich. Weißt du, ich habe, als ich im Urlaub war einen Artikel über Humor gelesen und sehr interessante Gespräche mit Menschen geführt, die ihren Arbeitsalltag humorvoll gestalten. Das hat mich ziemlich angesprochen. Als ich zurückkam, habe ich einige der Methoden ausprobiert und es hat richtig gut funktioniert."

„Das ist ja toll. Erzähl mir mehr davon!"

„Als erstes sollte ich dich warnen. Ich hatte vor kurzem ein ernstes Gespräch mit Konrad, in dem er mir gesagt hat, dass er gar nichts von neuen Methoden hält und von Lachen oder Humor in seiner Sparte erst recht nicht."

„Wirklich wahr? Das ist ja schrecklich. Erzähle es mir trotzdem, man muss nicht jeden Mist, den der Chef von sich gibt, befolgen."

Also erzählt Kearra von ihren Erfahrungen und Winfried hört gespannt zu. Ab und zu kann er sogar herzhaft mitlachen.

„Weißt du was, ich werde bei meinen Leuten auch anregen, dass wir wieder lustige Dinge miteinander teilen und vielleicht auch Besprechungen mit etwas humorvollem anfangen. Allein dieses Mittagessen mit dir hat mir so gut getan, dass ich mich jetzt viel freier fühle. Was hältst du davon, wenn wir uns einmal in der Woche mittags treffen, um uns darüber auszutauschen, wie wir mit Humor weitergekommen sind?"

„Sehr gerne. Wahrscheinlich müssen wir uns bei diesen Treffen auch immer wieder gegenseitig aufbauen, denn es wird uns bestimmt auch ein harter Wind entgegenwehen. Aber ich bin froh, wenn ich hier in der Firma einen Verbündeten habe."

-14-

Die nächste Teambesprechung in ihrer Abteilung betritt Kearra mit einer sehr dunklen Wolke um ihren Kopf. Sie hat gerade erfahren, dass es eine weitere Kennzahl geben soll: Anwesenheitstage. Mit dieser soll bewertet werden, wie oft Personen in einer Abteilung wegen Krankheit, Urlaub oder Gleitzeitabbau fehlen. Kearra ist fassungslos darüber, wie man so etwas bewerten kann. Immer größer wird ihr Eindruck, dass sie und ihre Mitarbeiter nur Roboter sein sollen, die man einschalten kann und die dann zu funktionieren haben, bis zur nächsten Wartung. Aber bitte ohne Stillstandzeiten.

„Welche Laus ist dir denn über die Leber gelaufen?", fragt Peter.

„Wahrscheinlich gibt es eine neue Kennzahl!", ruft Christian. „Was ist es dieses Mal? Müssen wir eine Statistik darüber machen, wer sich welches Butterbrot zur Frühstückspause mitbringt?"

Kearra kann sich ein Schmunzeln nicht verkneifen.

„Macht nur weiter mit dem Raten, ihr werdet sowieso nicht darauf kommen. Das ist einfach zu verrückt.“

„Vielleicht gibt es eine Kennzahl über die Kennzahlen?“

Jetzt lachen alle.

„Aber was passiert, wenn diese Kennzahl den Status rot bekommt? Werden dann die Kennzahlen wieder abgeschafft?“

„Oder wenn alle Kennzahlen rot sind, bis auf die Kennzahl-Kennzahl? Hebt die den Status der anderen dann wieder auf?“

Kearra genießt die kurze Pause von den ernsten Diskussionen, die sie heute geführt hat.

„Wahrscheinlich wird es eine Arbeits-Kennzahl. Es werden alle Schweißtropfen gezählt, die auf den Boden fallen. Falls es nicht genug sind, dann wird nicht hart genug gearbeitet. Aber wer erfindet jetzt den Schweißtropfenzähler, das passt ja überhaupt nicht in unser Unternehmensportfolio? Vielleicht brauchen wir eine eigene Entwicklungsabteilung, die den Blödsinn erfindet, den wir für unsere Kennzahlen brauchen.“

„Oder einen Sensor, der misst, wie lange du auf deinem Stuhl sitzt und in welcher Haltung. Nach hinten gelehnt zum Ausruhen oder nach vorne gebeugt, weil du deinen Kopf auf deinen Tisch zum Schlafen abgelegt hast. Oder eben aufrecht sitzend, in einer Position, in der du vermutlich arbeitest.“

„Dann wäre ja ein Mausklick-Zähler besser.“

„Oder gleich ein Eye-Tracker, der deiner Augenbewegung folgt. Jedes Mal, wenn du aus dem Fenster schaust, wird deine Kennzahl rot.“

„Den Eye-Tracker verbinden wir einfach gleich mit einem Elektroschock: Blick aus dem Fenster, eine Ladung aus dem Elektroschock. Sitzsensor zeigt an, dass du dich gerade ausruhst, Elektroschock.“

„Wir können auch noch ein Gesundheitsmodul dazu erfinden. Wenn deine Sitzposition nicht gut für deinen Rücken ist, Elektroschock. Wie viele Bandscheibenvorfälle könnten damit verhindert werden.“

Nachdem sich das allgemeine Gekichere gelegt hat, übernimmt Kearra wieder das Wort: „Ihr seid gar nicht so weit entfernt von der Wahrheit mit euren Vorschlägen. Es soll eine Anwesenheitskennzahl geben. Aber ohne Sensoren, sondern von unserer Sekretärin ausgefüllt. Wer krank ist, senkt die Anwesenheitskennzahl. Wer in Urlaub oder Gleitzeit ist, auch. Aber auch, wer auf Geschäftsreise geht.“

„Das ist doch lächerlich.“ „Das kann doch nicht wahr sein.“ „Und was passiert, wenn wir zu oft nicht da sind? Elektroschocks?“

Alle sprechen in ihrer Empörung durcheinander. Kearra lässt dies geschehen, denn auch sie kann ein wenig Luft brauchen, um ihre Fassungslosigkeit über die neuesten Entwicklungen in ihrer Firma zu verdauen.

„Ich wollte euch nur darauf hinweisen, dass es das bald geben wird. Ich finde es ganz schrecklich, werde aber nichts dagegen machen können. Wir werden damit leben müssen. Im Moment gibt es für uns für uns dadurch keine Aufgaben oder Konsequenzen. Es werden erst einmal Daten gesammelt und dann überlegt sich irgendjemand etwas ganz Schlaues damit. Ich werde zunächst keine Energie hineinstecken und hoffen, dass dieser Sturm an uns vorübergeht."

Damit beendet Kearra die Runde.

-15-

„Sofort in mein Büro!", schreit Konrad ohne weitere Begrüßung aus Kearras Telefonhörer.

Kearra ist zwar Wutausbrüche von ihrem Vorgesetzten gewohnt, aber das scheint selbst für ihn übertrieben.

„Okay, ich komme gleich", antwortet sie, mit dem Versuch sich nicht von der Stimmung anstecken zu lassen.

„Jetzt bekommen wir Ärger!", spricht ihr Pflichtbewusstsein das Offensichtliche aus. „Wir hätten niemals zulassen sollen, dass du versuchst Humor in diese Firma zu bekommen."

„Was machen wir bloß? Was machen wir bloß? Was machen wir bloß?“, ruft Kearras Angst pausenlos und vertreibt damit alle anderen Gedanken, bis Kearra im Büro ihres Chefs ankommt.

Das Sekretariat ist nicht besetzt, sodass Kearra direkt zu ihrem Chef durchgehen kann. Er sitzt mit hochrotem Kopf an seinem Schreibtisch und hämmert mit seinem Kugelschreiber darauf herum.

„Sag mal Kearra, habe ich mich nicht deutlich ausgedrückt, als ich dir sagte, dass du das mit den neuen Methoden sein lassen sollst?“

„Doch, klar, hast du“, sagt Kearra kleinlaut.

„Oh nein, oh nein, oh nein, oh nein“, ruft ihre Angst, die sich langsam in eine Panik verwandelt.

„Gerade eben habe ich erfahren, dass du Winfried auch angesteckt hast mit deinem Wahnsinn. Du machst also nicht nur weiter, sondern stachelst auch noch jemand anderen an.“

„Aber ich mache doch überhaupt nichts Schlimmes und Winfried auch nicht“, versucht Kearra sich zu rechtfertigen.

„Nichts Schlimmes? Warum glaubst du schicken wir Euch alle mehrmals im Jahr auf Führungskräfte-Tagungen? Damit wir alle denselben Führungsstil haben. Und dann tanzt ihr aus der Reihe. Ausgerechnet in meinem Bereich muss ich solch renitente Personen sitzen haben.

Mit so einer Einstellung würdet ihr heute nicht mehr befördert werden.“

„Aber wir halten uns doch an alle Vorgaben. Wir versuchen nur ein wenig Freude in unseren Arbeitsalltag zu bekommen.“

„Seit wann hat Arbeit etwas mit Freude zu tun? Seit wann muss man das, was man hier in unserem Unternehmen macht nicht mehr Ernst nehmen.“

„Wir nehmen unsere Arbeit doch Ernst. Sehr sogar. Aber dennoch kann man auch Freude dabei empfinden. Es gibt sogar Studien, die belegen, dass ein humorvoller Umgang miteinander die Motivation steigern kann.“

„Ich will nichts von irgendwelchen Studien hören! Ich möchte, dass ihr euch so benehmt, dass ihr nicht negativ auffallt. Das ist meine letzte Warnung an dich, hast du das verstanden! Ich möchte keine weiteren Konsequenzen einleiten müssen.“

Kearra möchte am liebsten rebellieren und ihren Chef anschreien, dass er nicht alles in diesem Unternehmen kontrollieren kann. Aber ihre Angst hält sie zurück. Sie möchte nicht gefeuert werden. Sie möchte nicht hinausgeschmissen werden. Vielleicht würde sie ja einen anderen Job finden, aber sie möchte nicht vor allen Kollegen und Mitarbeitern gedemütigt werden, indem verkündet wird, dass ihr wegen ihrem Verhalten gekündigt worden ist. Sie weiß nicht, wie sie das, was sie gestartet hat, wieder beenden kann und eigentlich möchte sie es auch nicht. Sie weiß nicht, was sie jetzt antworten soll. Sie muss darüber nachdenken und sich klar werden, was das alles bedeutet, aber ihre Angst blockiert sie. Außerdem fühlt sie sich schon jetzt gedemütigt. Bestimmt haben alle, deren Büros im Umkreis liegen, dieses Geschrei mitbekommen und lachen sich jetzt ins Fäustchen.

„Wenn du nichts dazu zu sagen hast, dann ist dieses Gespräch beendet und ich hoffe, dass ich so schnell nicht wieder eines mit dir führen muss!“, poltert ihr Chef weiter.

„Nein, musst du nicht“, antwortet Kearra. „Wahrscheinlich nicht!“, fügt sie in Gedanken noch hinzu.

„Dann bis nächste Woche!“

Mit diesem Gruß wirft Konrad die verwirrte Kearra aus dem Zimmer.

Kearra bemüht sich mit hocherhobenem Kopf zurück zum Büro zu laufen. Bloß niemanden merken lassen, dass sie verletzt ist und gerade nicht weiter weiß.

-16-

Die restlichen Stunden des Arbeitstages laufen einfach an Kearra vorbei. Sie ist so beschäftigt mit ihren Gedanken, dass sie kaum etwas mitbekommt. Sie kann die Stimmen in ihrem Kopf nicht ausschalten, die sie im ständigen Monolog fragen: „Was mache ich jetzt nur? Wie soll es jetzt weitergehen? Was mache ich jetzt nur?“

Zu Hause macht sie sich erst einmal eine Wärmflasche und setzt sich mit einer Tasse heißem Kakao auf das Sofa. Das hat bei ihren Kindern auch immer geholfen und ist ihr Allerheilmittel.

Als Andreas heimkommt und sie fragt, was los sei, antwortet sie: „Du hattest vollkommen Recht, als du gesagt hast, ich sollte das mit dem Humor in der Arbeit sein lassen. War ja klar, dass da nichts Gutes dabei herauskommt."

„Ohje, erzähl mal, was passiert ist", Andreas setzt sich neben sie auf das Sofa und nimmt sie in den Arm.

Kearra erzählt ihm vom Gespräch mit ihrem Chef und schließt ab, indem sie sagt: „Ich weiß, ich muss mein Verhalten wieder ändern, aber es hat mir so gut getan, dass ich nicht weiß, ob ich das kann."

Andreas antwortet: „Ich weiß, dass es dir gut getan hat. Du warst in den letzten Wochen wie ausgewechselt. Du hast richtiggehend gestrahlt und irgendwie konnte ich mich abends an deinem Strahlen wärmen, was auch mir gut getan hat. Mir tat es in den letzten Wochen schon die ganze Zeit leid, dass ich damals zu dir gesagt habe, dass du das mit dem Humor in der Firma sein lassen solltest."

„Aber du hattest ja offensichtlich Recht."

„Nein, Konrad ist einfach ein Arsch. Den konnte ich noch nie leiden!"

„Das hilft mir ja auch nicht weiter!"

„Naja, immerhin besser von einem Arsch blöd behandelt zu werden als von einem netten Kerl", sagt Andreas mit einem Grinsen.

„Klar, da hast du natürlich auch Recht."

„Aber wie verhalte ich mich weiter in meiner Arbeit? Ich möchte meinen Mitarbeitern nicht sagen müssen, dass sie nicht mehr humorvoll sein dürfen."

„Musst du es ihnen denn sagen? Hat Konrad das von dir verlangt?"

„Nein, aber natürlich ist das damit gemeint."

„Aber er hat nur gesagt, dass du dich ändern musst. Dann machst du halt keine Witze mehr und hörst auf mit Winfried darüber zu reden."

„Ja klar", antwortet Kearra niedergeschlagen. „So könnte ich das handhaben. Aber im Endeffekt läuft es darauf hinaus, dass ich mich wieder verstellen muss und bald wieder die ganz normalen Machtspiele mitspiele."

-17-

Am nächsten Morgen wacht Kearra um 4 Uhr auf und kann nicht mehr schlafen. Offensichtlich wühlt sie das Ganze so auf, dass sie schon um ihren Schlaf gebracht wird. Nachdem es Kearra langweilig wird sich genervt im Bett hin und her zu wälzen, steht sie auf, kocht sich einen Tee, schüttet Milch hinein und setzt sich an ihren Esstisch.

Die Angst des gestrigen Tages lässt langsam nach und wird abgelöst von einem fast schon kindischen Trotz. Nur weil Konrad Angst hat, dass er negativ auffällt oder etwas Schlechtes über ihn geredet wird, muss sie sich nicht einschüchtern lassen. Wovor hat er eigentlich Angst? Was kann ihm passieren? Sie weiß, wie ehrgeizig ihr Chef ist und, dass er unbedingt weiter kommen möchte. Sie fragt sich wohin. Alle wollen immer weiterkommen, aber was wartet auf sie am Ende dieses Regenbogens? Die Arbeit wird doch kaum anders, je höher man steigt in der fiktiven Leiter eines Unternehmens. Kearra wollte früher genauso immer weiter und weiter. Sie hat sich deswegen sehr unter Druck gesetzt, gedacht, sie müsse alles dafür tun. Aber im Moment kann sie nicht erkennen, was ihr das bringen würde. Es ist mal wieder nur eine Frage des Prestiges. Die Hoffnung auf mehr Anerkennung. Aber bekommt man diese wirklich?

Von wem erhofft man sich die Anerkennung? Von Kollegen? Die sind ja nur auf das eigene Weiterkommen fixiert und zollen ihre Anerkennung höchstens durch Neid.

Von Mitarbeitern? Mitarbeiter sind ehrlich und geben ihre Anerkennung denjenigen, der sich für sie interessiert und einsetzt. Dabei ist es egal, auf welcher Stufe des Managements man steht.

Kearra schüttelt den Kopf. Von diesem System war sie vor ein paar Monaten noch total abhängig. Sie war genauso versessen auf die Anerkennung ihrer Kollegen, wie alle anderen und hätte alles dafür gegeben.

Ihr Hier-und-Jetzt-Gefühl, das damals als sie vor ihrer Excel-Tabelle saß aufgeweckt hat, bringt sie dazu das Spiel zu durchschauen und sich von dem Eitelkeitenspiel zu lösen. Sie muss nur an den Moment im Steinkreis in Irland denken, als alles um sie herum verschwunden war und nur noch sie und ihr Hier-und-Jetzt-Gefühl zählten. Vor diesem Hintergrund verschwindet jeder Kampf um Anerkennung im Dunkel.

Ein Gedanke streift sie wie ein Blitz. Geht es ihr oder irgendeinem ihrer Kollegen um die Aufgaben, die die Tätigkeit als Manager mit sich bringen? Wahrscheinlich nicht, es geht nur um die Eitelkeit.

Was sind die Aufgaben eines Managers? Eigentlich kann man es auf Folgendes runterbrechen: dafür zu sorgen, dass die Mitarbeiter ihre Aufgaben ordentlich erledigen können. Ihre Tätigkeit ist eigentlich eine Dienstleistung an ihren Mitarbeitern. Sie muss dafür sorgen, dass deren Arbeitsalltag so gestaltet ist, dass ihrer Arbeit nichts im Weg steht. Denn sie sind es, die das Geld für die Firma verdienen, nicht wir Führungskräfte.

„Das sollten wir Konrad und deinen Kollegen lieber nicht erzählen“, fordert ihr Pflichtbewusstsein.

Leichte Verzweiflung schleicht sich bei Kearra ein, denn in der Unternehmensstruktur, in der sie eingegliedert ist, wird es ihr nicht gelingen ihre Dienstleistung ordentlich zu erbringen, da alle anderen ihrer Dienstleistung nicht nachkommen. Solange der Weg ins Management als eine Belohnung für gute Leistung, in anderen Worten, für angepasstes Verhalten, ist, wird sich daran auch nichts ändern.

Kearra beschließt, dass es zu ihrer Dienstleistung gehört, weiterhin für Humor zu sorgen, denn es tut ihren Mitarbeitern gut. Sie hat den Eindruck, dass alles irgendwie reibungsloser abläuft. Sie kann es an nichts festmachen, aber der Eindruck bleibt.

-18-

Zurück im Unternehmen wird sie durch eine E-Mail von Konrad auf die Mitarbeiterbefragung hingewiesen, die in den nächsten Tagen stattfinden soll. Kearra hatte sie ganz vergessen. Vielleicht ist Konrad ja deswegen so angespannt. Der Unterton in seiner E-Mail war auch nicht zu überhören: „Bringt eure Leute gefälligst dazu uns gut zu bewerten!“

Er bleibt sich und seinem derzeitigen Führungsstil treu und schließt auch gleich mit einer Drohung: „Seit euch bewusst, dass es für uns alle negative Konsequenzen hat, wenn wir schlecht bewertet werden. Bitte weist eure Mitarbeiter darauf hin.“

„Klar, jetzt soll ich auch noch eine Umfrage beeinflussen, geht’s noch?“, denkt sich Kearra und will die E-Mail löschen. Doch dann hält sie inne.

Es ist vielleicht besser, wenn sie ihr Team vorwarnt. Sie traut es Konrad Kapfinger zu, dass er auch noch persönlich vorbeikommt, um zu überprüfen, ob auch jeder Bescheid weiß.

Und so erzählt sie bei der nächsten Gelegenheit, bei der alle zusammen sitzen: „Ihr habt doch schon mitbekommen, dass nächste Woche eine Mitarbeiterbefragung durchgeführt wird. Eigentlich eine gute Sache, denn es soll bewertet werden, wie es ist, hier bei uns zu arbeiten. Es ist eure Chance, mitzuteilen, wie es euch bei uns gefällt.“

„Oh, oh, sie hat <eigentlich> gesagt“, witzelt Peter. „Warum ist es nur <eigentlich> eine gute Sache?“

„Das ist mir gar nicht aufgefallen“, lacht Kearra. „Nicht nur <eigentlich>, sondern das ist eine gute Sache, weil ihr bewerten dürft, wie es ist hier zu arbeiten. Aber, und da kommt die Einschränkung, viele meiner Kollegen und Chefs haben Angst davor schlecht bewertet zu werden. So soll ich euch von Konrad ausrichten, dass wir uns bewusst sein müssen, dass es negative Konsequenzen haben kann, wenn wir ihn schlecht bewerten.“

„Echt? Das heißt er will uns zwingen, dass wir ihn gut bewerten und droht uns negative Konsequenzen an?“

„Ich kann eure Empörung verstehen. Ich werde euch zu gar nichts zwingen, ich möchte, dass ihr offen und ehrlich entscheidet und euch nicht beeinflussen lasst. Ich wollte euch nur vorwarnen, weil ich mir denken kann, dass Konrad mal bei euch vorbeischaut, um euch darauf hinzuweisen. Lasst euch nicht beeinflussen. Euch kann nichts Schlimmes passieren. Das sind alles leere Drohungen.“

Das letzte hätte sie nicht sagen dürfen, aber es fühlt sich so falsch an, ihre Mitarbeiter zu beeinflussen, damit ein besseres Ergebnis in dieser Umfrage zustande kommt.

„Das ist ja wie zu Nazi-Zeiten: ihr dürft wählen, aber wehe es kommt das falsche Ergebnis heraus.“

„Dürfen wir Wahlbeobachter aus der EU hinzuziehen? Die würden hier sicherlich ein Veto einlegen.“

„Stellt euch mal den Antrag vor. Die würden aus allen Wolken fallen in Brüssel.“

Kearra ist froh, dass es niemand persönlich nimmt und sie weiterhin ihre Witze machen können. Sie lassen sich nicht von Konrads Angst beeinflussen und das ist gut so. Wahrscheinlich ist Konrads Angst ein Resultat davon, dass er seine Dienstleistung nicht erbringt. Jetzt hat er Angst vor dem Zeugnis, das ihm ausgestellt wird.

-19-

Durch den Stress mit der Befragung ist Kearra zum Glück aus dem Fokus ihres Chefs verschwunden und so gehen einige Wochen ins Land, ohne dass sie zu einem weiteren Gespräch eingeladen wurde, obwohl sie weiterhin einen humorvollen Umgang mit ihren Mitarbeitern pflegt. Sie trifft sich sogar weiterhin mit Winfried. Sie hat ihn vorgewarnt, dass sie nicht darüber sprechen dürfen und dass sie ihn nicht beeinflussen darf. Aber es war sein erklärter Wunsch, dass sie sich weiterhin einmal die Woche zum Mittagessen zum Austausch treffen. Über was dieser Austausch ist, braucht ja keiner zu wissen. Auch Winfried kann sehr positive Effekte feststellen. Beide sind sich sicher, dass eine Zusammenarbeit mit Humor ein großer Gewinn ist. Aber sie wissen auch, dass es in ihrem Unternehmen nicht erwünscht ist. Es kommt Kearra so vor, als wäre sie auf geheimer Mission unterwegs, wobei es bei ihrer Mission nur um so etwas harmloses, wie ein bisschen Lachen geht.

Heute ist der Tag, an dem sie die Ergebnisse der Befragung mitgeteilt bekommen. Konrad ist schon die letzten Tage sehr gereizt und lässt seine Anspannung durch Wutanfälle, wenn etwas nicht so läuft, wie er das möchte, heraus. Kearra ist manchmal ganz überrascht davon, denn sie kennt Konrad auch anders. Wenn er nicht angespannt ist oder sich selbst unter Druck setzt, kann er sehr nett sein. Dann ist er verständnisvoll und empathisch. Das genaue Gegenteil von dem, wie er sich in letzter Zeit benimmt.

„Macht früheres gutes Benehmen ein negatives Verhalten wieder wett oder macht es das nur schlimmer?“, fragt sie sich und weiß keine Antwort darauf.

Konrad und seine Abteilungsleiter treffen sich in einem Besprechungsraum der Personalabteilung.

Die zuständige Personalmanagerin wird ihnen die Ergebnisse der Befragung für ihre Sparte vorstellen.

„Ich stelle Ihnen heute die Ergebnisse vor. Die Präsentation schicke ich Ihnen nach dem Termin zu, mit der Bitte, dass Sie die Ergebnisse allen Mitarbeitern zur Verfügung stellen. Zunächst: die Beteiligung der Befragung lag bei erfreulichen 85%.“

Sie stellt die allgemeinen Ergebnisse vor: Bewertung der Geschäftsführung, des erweiterten Führungskreises, des Nachhaltigkeits- und Umweltbewusstseins der Firma, der Innovationskraft und der Bezahlung.

Danach geht sie in die Abteilungsbewertungen.

„Bei den Abteilungsbewertungen haben wir über das ganze Unternehmen sehr große Schwankungen festgestellt. Auch bei Ihnen. Wir haben einige Kollegen, die gut miteinander arbeiten können, andere, die dort ihre größten Probleme sehen. Aber in ihrer Sparte, Herr Kapfinger, haben wir eine Abteilung, die das beste Ergebnis bei Atmosphäre, Zusammenarbeit, Wertschätzung hat. Die Abteilung von Kearra Winkler. Frau Winkler, wir würden gerne erfahren, was bei Ihnen so gut läuft. Darum wollte ich Sie bitten, nach dieser Besprechung noch dazubleiben. Auch unser Personalleiter Herr Moosham wird zu uns kommen. Bei solch einem erfreulichen Gespräch möchte er natürlich anwesend sein.

Beim letzten Satz sind die zunächst erfreuten Gesichtszüge Konrads erstarrt. Er wird erst blass, dann rot und schaut Kearra entsetzt an. Sie wird dort bestimmt alles über ihre unkonventionellen Methoden erzählen und es wird negativ auf ihn zurückfallen. Warum nur muss das passieren. Ausgerechnet Kearra. Konnte es nicht Mark sein, auf den kann er sich verlassen, der tanzt nicht aus der Reihe.

Er hat auch keine Chance mehr, Kearra zu sagen, dass sie darüber nicht sprechen soll. Er hat den Eindruck, dass sie ihn nicht ernst genommen hat mit seinen Warnungen.

Kearra freut sich, hat aber auch den Blick von Konrad bemerkt. Dadurch ist sie nervös geworden und weiß gar nicht mehr, was sie in der folgenden Unterhaltung sagen soll. In Gedanken wägt sie ab, was sie erzählen darf und was negativ auf sie zurückfällt. Der Stress mit Konrad hat sie sensibilisiert. Bevor sie sich versieht, ist die Besprechung vorbei und sie sieht sich mit der Personalreferentin und dem Personalleiter in einem Gespräch.

„Ich darf Ihnen gratulieren, Frau Winkler. Ihre Mitarbeiter haben die Arbeit hier im Unternehmen am besten bewertet“, begrüßt sie Herr Moosham.

„Vielen Dank, das freut mich.“

„Verraten Sie uns ihr Geheimnis?“, kommt schon die Frage, vor der sich Kearra gefürchtet hat.

„Ich versuche nur die Wünsche meiner Mitarbeiter ernst zu nehmen“, versucht sie sich aus der Affäre zu ziehen.

„Viele Ihrer Mitarbeiter haben in dem freien Bewertungsfeld angegeben, dass sie große Freude an dem Humor im Team haben.“

„Oh, das freut mich, ja wir lachen sehr viel.“

„Wie kommt das? Das ist doch eher ungewöhnlich? Nehmen Sie Ihre Arbeit hier nicht ernst?“

„Doch, wir nehmen unsere Arbeit sehr ernst. Aber ein bisschen Humor kann trotz aller Ernsthaftigkeit nicht schaden.“

„Ich habe letztens auch einen Artikel darüber gelesen, dass Humor die Motivation steigern kann“, fügt die Personalreferentin hinzu.

Das war das Stichwort bei dem sich Kearra nicht mehr zurückhalten kann: „Ich habe auch viel darüber gelesen. Es gibt so vieles, was Humor und Lachen verbessern können.“

„Und dann haben Sie das in Ihrer Abteilung ausprobiert?“, fragt Herr Moosham. Kearra weiß, dass dies eine Fangfrage ist, aber sie kann nicht anders als zu bestätigen.

„Und wie sieht das dann in der Praxis aus? Lachen Sie gemeinsam mit Ihren Mitarbeitern über Ihre Kollegen und die Führungsriege?“

Kearra merkt, dass sich der Personalleiter angegriffen fühlt.

„Nein, nein, bei weitem nicht. Es geht nicht darum andere auszulachen, sondern über sich selbst zu lachen und dabei andere einzuladen das Gleiche zu tun. Oder gemeinsam über lustige Situationen zu lachen.“

„Dann lachen Sie also über die Prozesse, die wir hier mühsam eingeführt haben?“

Kearra ist verwirrt über die Richtung, in die das Gespräch gelenkt wird. Wie kommt es, dass so viele Personen in dieser Firma Angst vor Humor haben? Ihre Mitarbeiter haben zumindest in ihrem Beisein nie über andere gelacht oder etwa doch? War es auslachen, als sie Witze darüber gemacht haben, wie Konrad die Befragung beeinflussen wollte? Hätte er es gehört, wäre er sicherlich verletzt gewesen. Muss Humor immer verletzend sein? Wie kann Humor aussehen, wenn er nicht verletzend ist?

„Ich kann Ihnen versichern, dass wir niemanden bewusst verletzt haben. Und aus den Umfragewerten geht auch hervor, dass andere Teams sehr gerne mit unserem zusammenarbeiten. Das haben wir doch alle in dem Vortrag vor einigen Minuten gehört. Das würden sie doch nicht machen, wenn wir sie beleidigen würden.“

„Auf jeden Fall haben Sie hier Methoden angewandt, die nicht von uns kamen und das ist nicht gut“, fasst Herr Moosham zusammen. „Was sagt denn ihr Vorgesetzter dazu?“

„Der hat mir verboten solche Methoden anzuwenden", gibt Kearra kleinlaut zu.

„Jetzt ist alles vorbei“, denkt sie sich. „Jetzt habe ich verloren.“

„Ich werde mir überlegen müssen, wie wir hiermit umgehen. Wir werden uns nächste Woche wieder sprechen“, beendet der Personalleiter das Gespräch.

-20-

Kearra muss sich nach Verlassen des Besprechungsraumes erst einmal an der Wand festhalten, da ihr schwindelig ist. Sie muss erst verdauen, was gerade passiert ist. Fassungslos darüber, dass ein bisschen Humor für so viel Brennstoff sorgt, hat sie zunächst gar keinen Raum für Angst, obwohl sie näher denn je am Verlieren ihres Arbeitsplatzes ist.

Ist Humor wirklich so schlimm? Ist er immer verletztend? Sie hat nicht den Eindruck, dass in ihrem Team durch Humor verletzt wurde, aber wenn Konrad manche Gespräche mitgehört hätte, wäre er es wahrscheinlich gewesen. Das worüber sie Witze gemacht haben, ist etwas, was ihm wichtig ist, sein Ansehen in der Firma, also seine Eitelkeit.

Andererseits hat es ihr und ihren Mitarbeitern sehr gut getan, etwas von dem Druck, den sie verspürten, abzulassen, indem sie darüber lachten. Heiligt der Zweck alle Mittel? Oder darf über Abwesende gelacht werden, weil sie es nicht mitbekommen?

Wenn Konrad sich aber in die Lage seiner Mitarbeiter versetzt hätte, würde er wahrscheinlich mitlachen können. Da er das im Moment nicht tut oder kann, konnte er die Witze nicht verstehen. Im Moment fehlt ihm die Fähigkeit über sich selbst zu lachen und so kann er auch nicht mitlachen. Hazel hat ihr damals in Irland gesagt, dass Humor immer bei einem selbst beginnen sollte. Also wenn Konrad über sich selbst lachen würde, wäre es dann in Ordnung, wenn wir anderen mitlachen?

Aber was ist, wenn über ganze Personengruppen gelacht wird? Muss dann jeder davon auch darüber lachen können?

Während sie noch in Gedanken über die Ethik des Humors philosophiert, dringt langsam die Tatsache in ihr Bewusstsein, dass sie gerade dabei ist, alles zu verlieren, was sie sich hier aufgebaut hat.

Angst überschwemmt sie wie eine Flutwelle und reißt alles andere mit sich. Was wird Herr Moosham machen? Wird er ihr sofort eine Kündigung ausstellen? Wird es noch ein Gespräch geben? Darf sie sich zumindest noch rechtfertigen?

-21-

Herr Moosham ist schockiert von dem, was er gerade gehört hat. Eine seiner Managerinnen stachelt ihre Mitarbeiter dazu an, über andere zu lachen. Das widerspricht seinen Moralvorstellungen und denen der Firma. Am liebsten würde er veranlassen, dass sie aus seiner Firma fliegt. Andererseits hat er Bedenken, dass das an die Öffentlichkeit kommt. Wie würde er und sein Unternehmen dastehen, wenn irgendwo darüber berichtet wird, dass einer Managerin wegen Humor gekündigt wurde, ohne die Hintergründe zu kennen? Und dann ist es auch noch eine Frau. Das Unternehmen steht schon lange in der Kritik, wenig für die Frauenförderung zu tun. Wie sollte es auch anders sein, bei einem technischen Unternehmen? Ingenieurinnen und Physikerinnen wachsen nicht auf den Bäumen.

Er bittet seine Sekretärin zu einer Task-Force einzuladen, um das Problem in einer angemessenen Runde zu besprechen: Ein Vertreter der Geschäftsführung, er, sein Stellvertreter, Konrad Kapfinger und jemand von der Sozialberatung, die er gerade eingerichtet hat. Wie es mit diesem Thema weitergeht, mag er nicht allein entscheiden.

22-

Als Konrad die Einladung zur Task-Force noch am selben Nachmittag sieht, würde er am liebsten laut aufschreien. Nicht nur, dass Kearra nicht auf ihn gehört hat, nein, sie muss auch noch ausgerechnet dem Personalleiter auf die Nase binden, was sie so macht. Ohne sein Einverständnis, aber natürlich fällt das alles auf ihn zurück.

Er ruft Kearra an und da er sie nicht erreichen kann, spricht er ihr auf den Anrufbeanworter: „Kearra, ich habe dir gesagt, dass du das unterlassen sollst. Heute Nachmittag bin ich zu einer Task-Force eingeladen. Ich hoffe für dich, dass es nicht um dich und dein Verhalten geht! Ansonsten wirst du so einen Ärger bekommen, dass du es dir nicht mal in deinen kühnsten Träumen vorstellen kannst.“

-23-

Als Kearra in ihr Büro zurückkommt, bestehen ihre Gedanken nur noch aus: „Scheisse! Scheisse! Scheisse! Scheisse! Scheisse!“

Sie sieht ihren Anrufbeantworter blinken und wird leichenblass, als sie ihn abgehört hat. Sie zwingt sich dazu durchzuatmen, um nicht vollends in Panik zu versinken.

Sie braucht dringend Beistand und schreibt ihrer Freundin eine SMS: „Hilfe! Jetzt habe ich wahrscheinlich meinen Job verloren, wegen ein bisschen Humor! Heute Nachmittag gibt es eine Taskforce, bei der sie darüber sprechen wollen, was mit mir passieren soll. Was mache ich denn jetzt?“

Die Antwort kommt prompt: „Keine Panik, wenn sie dich rausschmeissen wollten, hätten sie es sofort gemacht. Dass es eine Taskforce gibt, ist ein gutes Zeichen. Ich rufe dich in meiner Pause an."

Die Erklärung von Abigail klingt plausibel, aber auch das hilft Kearra gerade nicht. Sie traut sich nicht Andreas anzurufen, weil sie immer noch Angst vor seinem „Ich habs dir doch gesagt!" hat.

Da ihr nichts anderes einfällt, um sich abzulenken, stürzt sie sich voll in die Arbeit. Sie schreibt einen Bericht zu Ende, der schon lange darauf wartet. Sie macht eine Präsentation für ein Projekttreffen in zwei Wochen fertig und dann noch eine weitere für ein noch viel weiter entferntes Treffen. Als es immer noch nicht Zeit ist Feierabend zu machen, sortiert sie endlich ihre ungelesenen E-Mails aus.

-24-

Herr Moosham bedankt sich bei den Kollegen, die so schnell zu dieser Taskforce zusammengekommen sind. Es ist ein stilles Gesetz in dem Unternehmen, dass eine Taskforce schnelles Handeln erfordert und somit sind die meisten Teilnehmer bereit, kurzfristig ihre Termine abzusagen.

Er erklärt kurz den Grund für diese eilige Zusammenkunft.

Sein Assistent unterbricht ihn und fragt: „Ich verstehe das Problem nicht, kündigt ihr halt."

„Das wollte ich gerade erklären. Sie ist eine der wenigen weiblichen Manager, die wir haben. Ich möchte keine schlechte Publicity, weil wir ihr gekündigt haben. Außerdem sehe ich die Schlagzeile schon vor mir: „Managerin wegen Lachen gekündigt".

„Und wenn wir ihr einen Aufhebungsvertrag anbieten, in dem steht, dass sie nicht darüber sprechen darf?“

„Du weißt doch selbst wie das läuft. Sie erzählt es ihrem Mann und der erzählt es weiter und schließlich haben wir schlechte Presse. Außerdem können wir sie nicht zwingen so einen Vertrag zu unterschreiben.“

Frau Berger, die die Sozialberatung der Firma betreut, meldet sich zu Wort: „Ich möchte nur gerne hinzufügen, dass Frau Winkler recht hat mit ihren Argumenten. Es gibt sehr viele Studien, die besagen, dass gemeinsames Lachen nicht nur die Gesundheit verbessert, sondern auch die Atmosphäre in einem Unternehmen, ganz zu schweigen von der Arbeitsleistung und Motivation.“

Der Personalleiter verteufelt sich dafür, dass er die Sozialberaterin eingeladen hat. Er hätte es vorhersehen müssen, dass die Argumente von Kearra Winkler bei ihr auf offene Ohren stoßen.

Auch Konrad Kapfinger blickt sie angewidert an.

Nur Herr Andres von der Geschäftsführung schaut erfreut. Er würde so etwas nie in seiner Firma erzählen, aber er besucht seit einem Jahr regelmäßig Lachyoga-Kurse, da sie sein Wohlbefinden steigern und ihm helfen Stress abzubauen. Auf die Idee, dass Humor und Lachen auch die Arbeit verbessern kann, war er noch gar nicht gekommen. Er hat beides bisher strikt getrennt. Vielleicht ist das jetzt die Möglichkeit etwas dazu zu lernen.

„Ich finde es sehr interessant, was Frau Berger gesagt hat. Vielleicht ist Kearra Winkler ja eine Vorreiterin für etwas, das wir allgemein mehr fördern sollten“, überrascht Herr Andres alle Anwesenden. Mit diesem Einwurf verändert er die gesamte Stimmung der Runde. Die Stimme aus der Geschäftsführung hat große Überzeugungskraft.

„Aber wie soll das gehen? Sollen wir jetzt alle Mitarbeiter überzeugen mehr zu lachen?“, fragt Herr Moosham in die Runde.

„Ja, warum nicht. Wenn es doch so positive Effekte hat, wie Frau Berger gerade beschrieben hat. Das kennt doch auch jeder von uns, wie gut es sich anfühlt, wenn man mal herzhaft lachen kann.“

„Aber was ist, wenn wir dann nicht mehr ernst genommen werden?“

„Offensichtlich haben wir zwei sehr kompetente Personen auf diesem Gebiet. Was wäre, wenn Frau Berger gemeinsam mit Frau Winkler ein Konzept ausarbeitet, wie mehr Humor in unsere Firma gebracht werden kann?“, schlägt Herr Andres vor.

Konrad weiß gar nicht mehr, was er denken soll. Er dachte, dass er aus dieser Besprechung herausgeht und eine Abteilungsleiterin weniger hat. Es hätte ihm nicht nur wegen der Neubesetzung wehgetan, sondern auch, weil er schon immer den frischen Wind mochte, den Kearra in seinen Bereich eingebracht hat.

Herr Moosham ist noch nicht ganz überzeugt, aber er ist schlau und merkt, wie sich die Stimmung in der Runde nach der Aussage von Herrn Andres verändert hat.

„Das halte ich auch für einen guten Plan. Frau Berger, können Sie mit diesem Vorschlag etwas anfangen?“

„Ich bin keine Spezialistin auf dem Gebiet Humor, aber offensichtlich ist Frau Winkler hier sehr kompetent. Wahrscheinlich können wir zusammen ein gutes Konzept erarbeiten.“

„Dann würde ich sagen, kontaktieren Sie Frau Winkler und in 3 Monaten stellen Sie uns ein Konzept vor“, fasst Herr Moosham zusammen. „Herr Kapfinger, brauchen Sie Unterstützung, damit Frau Winkler sich dieser Aufgabe widmen kann? Melden Sie sich einfach direkt bei meiner Sekretärin, dann schauen wir, was wir machen können.“

-25-

Konrad sollte eigentlich Kearra noch anrufen und ihr mitteilen, dass diese Taskforce gut für sie ausging. Aber er vertrödelt den ganzen Nachmittag bis es zu spät ist. Es gibt ihm eine seltene Genugtuung, dass er Kearra im Unklaren lässt. Sie hat ihn so viel geärgert in den letzten Wochen, da soll sie jetzt ruhig warten müssen. Vielleicht ist sie dann das nächste Mal gewillter auf das zu hören, was er sagt.

Kearra verbringt den gesamten Nachmittag damit sich immer tiefer in irgendwelchen vermeintlich dringenden Aufgaben zu stürzen, um sich abzulenken. Als es schließlich schon weit nach ihrer regulären Arbeitszeit ist, gibt sie die Hoffnung auf, dass sie noch einen Telefonanruf bekommt, der ihr Klarheit verschafft, wie es weitergehen soll.

Ist es ein gutes oder ein schlechtes Zeichen, dass sie noch nichts gehört hat? Kearra graut es vor der Antwort. Sie packt ihre Sachen zusammen und geht endlich heim. Dort wird sie schon von Andreas erwartet. Sie lässt sich von ihm in den Arm nehmen und erzählt ihm alles. Andreas versucht sie zu trösten, doch seine Worte dringen gar nicht zu Kearra durch. Sie fühlt sich so erschöpft und müde. Sie möchte am liebsten über gar nichts mehr nachdenken.

„Andreas, ich hoffe du bist mir nicht böse, aber ich möchte eigentlich nur noch ins Bett“, sagt Kearra zu ihrem Mann.

„Geh ruhig, schlaf dich aus, das wird dir gut tun.“

Kearra zieht ihre Bettdecke über ihren Kopf und verschließt die Augen vor der Welt. Sie schläft zwar erst spät ein, aber sie kann sich auch nicht an irgendeinen Gedanken erinnern, sie wollte sich einfach nur vor der Welt verstecken in der Hoffnung, dass sie morgen früh schon viel besser aussieht.

-26-

Am nächsten Morgen, als Kearra in ihrem Büro ankommt, blinkt Kearras Telefon, eine Nachricht wurde hinterlassen. Kearra, deren Tag schlecht gelaunt begonnen hat, ist genervt. Wer will denn so früh schon etwas von ihr? Das Display am Telefon nennt ihr den Namen Berger – aber mit einem oder einer Berger hat sie bisher noch nie etwas zu tun gehabt.

Ob es wohl um das Ergebnis der Taskforce geht? Ist es ein gutes oder ein schlechtes Zeichen, dass dieser Anruf von jemanden kommt, den sie noch nie getroffen hat?

Kearra zögert, ehe sie die Zahlenkombination zum Abhören der Nachricht eingibt. Ist sie schon bereit dafür die Nachricht zu hören? Aber dann nimmt sie ihren Mut zusammen, tippt schnell die Zahlen ein und die Nachricht ertönt: „Guten Morgen Frau Winkler, Herr Kapfinger hat Ihnen bestimmt schon erzählt, dass wir in den nächsten Monaten zusammenarbeiten werden. Melden Sie sich schnellstmöglich bei mir, ich kann es kaum erwarten, dass wir beginnen.“

Die fröhliche Stimme irritiert Kearra so sehr, dass sie kaum auf den Inhalt der Nachricht gehört hat. Also startet sie die Nachricht ein weiteres Mal.

Doch ihre Verwirrung wird noch größer, nachdem sie die Nachricht abgehört hat. Zusammenarbeiten? Worum geht es denn? Warum hat mir Konrad nicht Bescheid gegeben?

Sie muss herausfinden, was das bedeutet und nutzt die Rückruffunktion.

„Hallo Frau Berger, hier ist Kearra Winkler. Ich weiß nicht, worum es sich bei Ihrer Nachricht auf meinem Anrufbeantworter handelt“, beginnt sie das Telefongespräch.

„Guten Morgen Frau Winkler, schön, dass sie sich gleich melden. Hat Ihnen Herr Kapfinger nichts über unsere Zusammenarbeit erzählt?“

„Wie zusammenarbeiten? Herr Kapfinger hat mir gar nichts erzählt. Soll das ein Witz sein?“

„Nein, aber das geht schon in die richtige Richtung“, lacht Frau Berger.

„Entschuldigen Sie, aber jetzt verstehe ich gar nichts mehr.“

„Natürlich, ich entschuldige mich. Ich erzähle Ihnen gleich, was gestern passiert ist. Wissen Sie, dass gestern Nachmittag eine Taskforce wegen Ihnen und ihrem Benehmen einberufen wurde?“

„Ja, das hat mir mein Chef mitgeteilt.“

„Gut. Ich leite unsere Sozialberatung in der Firma. Ich weiß nicht, ob sie schon etwas von uns gehört haben. Wir kümmern uns um kleine und große seelische und psychische Probleme der Mitarbeiter. Ich wurde auch eingeladen an der Taskforce teilzunehmen und habe mir erlaubt anzumerken, dass sie Recht haben mit dem, was sie sagten. Humor kann motivieren und die Arbeitsatmosphäre so positiv verändern, dass die Arbeitsleistung der Mitarbeiter enorm gesteigert werden kann. Interessanterweise hat mir Herr Andres von der Geschäftsführung sofort zugestimmt, was dann die anderen auch dazu gebracht hat ihre negative Meinung darüber zu ändern. Das Ergebnis der gestrigen Runde war, dass wir beide zusammen ein Konzept entwickeln sollen, wie man den Arbeitsalltag in unserer Firma humorvoller gestalten kann, damit alle von den positiven Effekten profitieren. Was sagen Sie dazu?"

„Was? Echt? Ernsthaft? Ich bin gerade etwas sprachlos und weiß nicht, was ich dazu sagen soll. Ich habe damit gerechnet heute meinen Job zu verlieren. Aber ja, wow. Das ist echt toll. Super."

Erleichterung und Freude überschwemmen Kearra so sehr, dass sie kaum in Worte fassen kann, was in ihr vorgeht.

„Ihr Chef sollte sich eigentlich überlegen, wie er Sie für diese Zeit entlasten kann, damit wir viel Zeit für die Zusammenarbeit haben. Was sagen Sie, wollen wir uns heute Nachmittag schon treffen, dann können wir mit der Arbeit gleich loslegen?"

„Ja gerne. Ich komme nach dem Mittagessen zu Ihnen, passt das?“

„Super. Sie finden mich in Gebäude C im zweiten Stock.“

Kearra bleibt noch eine zeitlang mit dem Hörer in der Hand sitzen. Hat sie das jetzt richtig verstanden oder träumt sie noch? Sie soll ein Konzept für die gesamte Firma erarbeiten, wie Humor umgesetzt werden soll. Warum hat ihr Konrad davon noch nichts erzählt?

Von dem „Bling“, das eine neue E-Mail ankündigt, wird sie aus ihren Gedanken gerissen.

Eine E-Mail von Konrad:

„Hallo Kearra. Erarbeite bitte mit Frau Berger von der Sozialberatung ein Konzept. Nähere Informationen soll sie dir geben. Christian soll dich bei deinem Tagesgeschäft unterstützen. Konrad“

Kearra wundert sich kaum über den knappen Text. Für Konrads Stolz war diese E-Mail schon eine Herausforderung. Langsam dämmert es ihr, dass es wirklich wahr ist. Sie springt von ihrem Stuhl auf und tanzt eine Runde durch das Büro. All ihre Anspannung fällt mit einem Schlag von ihr ab.

„Hey, was ist denn hier los?“, fragt Christian, der an ihrem Büro vorbeiläuft. „Machst du einen Tanzkurs?“

„Was los ist? Dass du in den nächsten Wochen mehr Arbeit hast!“

Christian schaut die lachende Kearra verdattert an.

„Mir wurde gerade mitgeteilt, dass ich für unseren Personalbereich ein Konzept für Humor in unserem Unternehmen erstellen soll. Konrad hat gesagt, dass du mich beim Tagesgeschäft unterstützen sollst. Ich hoffe, das ist in Ordnung? Aber ich weiß ansonsten noch nichts. Wenn ich nähere Informationen habe, werde ich mich mit dir zusammensetzen."

„Das ist ja cool! Ich hätte unserer Geschäftsführung gar nicht zugetraut, dass sie offen für so etwas ist. Ich hätte eher gedacht, dass du irgendwann richtig Ärger bekommst, weil du uns ermutigst mehr zu lachen."

Kearra grinst. Wenn er nur wüsste. Aber ihr ist es lieber, dass ihre Mitarbeiter gar nichts davon mitbekommen haben. Sie sollen ruhig glauben, dass sie in einem weltoffenen Unternehmen arbeiten, das gerne neue Methoden ausprobiert, um das Arbeitsklima zu verbessern.

Kearra denkt zurück an das, was sie in den letzten Monaten erlebt hat und fragt sich, was passiert wäre, wenn sie diese Reise nach Irland nicht gemacht hätte. Hätte sie es auch so geschafft, wieder Freude an ihrer Arbeit zu haben? Wäre sie selbst darauf gekommen, wie wichtig Humor für sie ist und in welchem Umfang die Arbeitsatmosphäre damit verbessert werden kann?

Eine Antwort darauf wird sie nie finden. Aber sie freut sich, auf das, was noch kommen wird. Dann, wenn ein Konzept für einen humorvollen Umgang miteinander vorliegt und firmenweit umgesetzt wird.

Ende

Nachbemerkung

Humor kann die Unternehmenskultur verbessern, aber Sie sollten mit Bedacht dabei vorgehen. Gerne unterstütze ich Sie dabei, Ihre Unternehmenskultur zu verbessern.

Da die Vorgehensweise dafür sehr individuell auf Ihr Unternehmen abgestimmt sein sollte, habe ich es unterlassen eine allgemeine Anleitung in diesem Buch anzufügen.

Falls Sie mehr Humor in ihr Unternehmen bringen wollen, hoffe ich, dass Sie hilfreiche Tipps im Kapitel 3 finden.

Darüber hinaus würde ich Ihnen empfehlen, sich mit einem Coach, Trainer oder Berater, der mit diesem Thema arbeitet, zusammenzusetzen.

Natürlich stehe ich auch gerne dafür zur Verfügung.

Sie erreichen mich unter meiner Homepage www.menschtechnik.com

Dr. Johanna Farnhammer

Dank

Ich habe in meinem Arbeitsleben schon viele abstruse, verrückte, aber auch verletzende Situationen erlebt. Dennoch ist dieses Buch keine autobiographische Geschichte, sondern ein fiktiver Roman. Interessanterweise sind einige der Szenen, die ich aufgeschrieben habe, Jahre später in ähnlicher Weise eingetreten. Aber das ist eine andere Geschichte, die an anderer Stelle erzählt werden soll. Ich bin jeder einzelnen Person, mit der ich in meinem Leben zusammenarbeiten durfte, sehr dankbar dafür, dass ich durch das gemeinsame Erleben einen reichen Schatz an Erfahrungen aufbauen durfte, der wahrscheinlich noch für viele Bücher reicht. Viele von ihnen sind mir sehr deutlich in Erinnerung geblieben und erscheinen öfter in meinen Gedanken. Es sind Personen, mit denen man hin und wieder mehr Zeit verbringt als mit Freunden und Familie. Das prägt.

Vor allem danke ich den langjährigen Kollegen, denen dieses Buch gewidmet ist. Mit ihnen habe ich so viel erlebt und viel darüber gelernt, wie man seinen Arbeitsalltag humorvoll gestaltet. Viele meiner Comics sind während der Arbeit mit diesen Kollegen entstanden. Ich danke jedem einzelnen von ihnen für die großartige Zusammenarbeit.

Von ganzem Herzen danke ich meinen Testlesern, die dieses Buch in einer frühen Version gelesen haben und mir mit ihrem Feedback geholfen haben, es zu verbessern. Eure Ideen, euer Input, eure Zeit und euer Engagement ist in diesem Buch enthalten und wird somit weitergetragen. Ein Teil dieses Buchprojektes waren dadurch: Simon Menges, Francesca Horlebein, Kerstin Herzog.

Seit meinem ersten Buch arbeite ich mit der Schriftstellerin, Drehbuchautorin und Storytelling-Coach Kristine Tauch zusammen. Ich danke ihr von Herzen für die fantastische Zusammenarbeit, die mich immer beflügelt mehr aus meinen Büchern herauszuholen und meine Sprache immer weiter zu verbessern. Kristine hat eine wundervolle Lektorin für dieses Buch abgegeben und es dadurch mitgestaltet. Liebe Kristine, ich danke dir für deinen Einsatz und hoffe, dass wir noch bei vielen weiteren Büchern zusammenarbeiten.

Last but not least bedanke ich mich bei meinem Mann, meiner Familie und meinen Freunden dafür, dass sie immer für mich da sind und mich in allen verrückten Ideen unterstützen.

Bibliografie

Viele Bücher haben mich inspiriert dieses Buch zu schreiben. Zu Ihnen gehören folgende:

Manfred Geier, Worüber kluge Menschen lachen, 2007, Rororo

Michael Titze, Inge Patsch, Die Humorstrategie, 2004, Kösel Verlag

Christoph Emmelmann, Das kleine Lachyoga-Buch, 2007, dtv

Lundin, Paul, Christensen, Fish! Ein ungewohnliches Motivationsbuch, 2015, Goldmann

David Gilmore, Der Clown in uns: Humor und die Kraft des Lachens, 2007, Kösel Verlag

Uwe Böschemeyer, Das heitere Enneagramm: Eine verständliche und humovolle Typenlehre, 2013, Ellert & Richter Verlag

Auch folgender Film hat mich nachhaltig beeindruckt und sicherlich seine Spuren in diesem Buch hinterlassen:

Patch Adams, Tom Shadyac, 1998